Hitty,
Her First Hundred Years

木偶百年历险记

Rachel Lyman Field

〔美〕雷切尔·费尔德 著

〔美〕桃乐丝·拉斯洛普 绘

夏海涵　姚婕 译

Newbery Honor book　纽伯瑞儿童文学奖作品

山东文艺出版社

图书在版编目(CIP)数据

木偶百年历险记/(美)费尔德著;(美)拉斯洛普绘;
夏海涵,姚婕译.—济南:山东文艺出版社,2015.4
（国际大奖儿童小说）
ISBN 978-7-5329-4962-5

Ⅰ.①木… Ⅱ.①费… ②拉… ③夏… ④姚… Ⅲ.
①儿童文学-长篇小说-美国-现代 Ⅳ.①I712.84

中国版本图书馆 CIP 数据核字(2015)第 048675 号

木偶百年历险记

[美]雷切尔·费尔德 著 [美]桃乐丝·拉斯洛普 绘 夏海涵 姚 婕 译

主管部门	山东出版传媒股份有限公司
出版发行	山东文艺出版社
社　　址	山东省济南市英雄山路 189 号
邮　　编	250002
网　　址	www.sdwypress.com

读者服务	0531-82098776(总编室)
	0531-82098775(发行部)
电子邮箱	sdwy@sdpress.com.cn

印　　刷	山东德州新华印务有限责任公司
开　　本	890mm×1240mm　1/32
印　　张	7.5
字　　数	140 千字
版　　次	2015 年 4 月第 1 版
印　　次	2015 年 4 月第 1 次印刷
书　　号	ISBN 978-7-5329-4962-5
定　　价	20.00 元

版权专有,侵权必究。如有图书质量问题,请与出版社联系调换。

目 录

001　第一章　回忆开始
016　第二章　我飞上了天，更高兴能落回到地面
029　第三章　我的陆上和海洋之旅
038　第四章　出海
049　第五章　我们捕到一头鲸鱼
066　第六章　我在死亡的边缘与普雷布尔家再聚首
078　第七章　神、土著和猴子
089　第八章　迷失在印度
101　第九章　第二个与我一起玩的小朋友
114　第十章　我获救了，还听到了阿德琳娜·帕蒂的歌声
131　第十一章　我照了一张银版相片并遇见了一位诗人
142　第十二章　纽约，时装娃娃
154　第十三章　回到新英格兰
167　第十四章　新的职业
189　第十五章　我学到了很多知识
203　第十六章　回到故土
217　第十七章　我被拍卖了
228　后记

第一章　回忆开始

古玩店现在很安静，只有西奥博尔德和我，因为咕咕钟[1]前天被卖出去了，而西奥博尔德在夜间总是如此勤劳，已经没有老鼠敢从木制陈列架后面溜出来冒险了。西奥博尔德是古玩店里的猫——古玩店里唯一不出售的物品，这一点让他有时很傲慢。我倒不是想批评他。我们都有自己的弱点，而且若不是他，我现在可能不会在写我的回忆录。不过，弱点是一回事，爪子就是另外一回事了，这点我有理由知道。

确切地说，西奥博尔德不是一只坏猫，但也远非一只体贴的好猫。此外，他总是弓身潜行，并且有着我所知道的最有力的爪子和尾巴。就在不久以前，他开始睡在古玩店的窗边，头就枕在装满古代珠宝的托盘里。如果亨特小姐看到前天晚上他打呵欠的时候险些吞掉一只石榴石耳环，她一定会非常不安的。但是古玩店开张的时候，亨特小姐就已经拥有了西奥博尔德，而且她似乎因为他的努力非常珍视他。我必须说，亨特小姐有很多奇怪的习惯，最初我甚至对她诸如戳碰、凝视和倒置所有

---

[1] 译注：布谷鸟报时钟。（后文如无特殊说明，均为译注。）

物品的习惯感到有些滑稽,就像菲比·普雷布尔的妈妈过去常说的那样。尽管这些习惯在我成长的过程中被告知不是最好的,可她已经习惯了这样。亨特小姐的心是好的,如果她认定你是名副其实的,那么她会为你做任何事。这也是为什么发现我从椅子上摔下来碰到鼻子后,她连续三个早晨都对我说,她不会带我这样一个古老珍贵的娃娃到处跑,除了每晚打烊前将我从橱窗中取出之外。

所以现在我就在她凌乱的书桌上,我的脚站在被绿色墨水浸润的纸上,我的背靠在锡制的墨水瓶架上,而我的四周堆满了雪白的账单和纸张。我的旁边是一只古老的海螺壳,它被另一堆乱纸压在下面。我曾看见过许多更漂亮的海螺壳,然而它还是令人遐想。一想到南太平洋上的岛屿和我们在那儿经历的所有冒险,我就仿佛在它弧形的边上看到了阳光。穿过古玩店,有座壁炉台,上面有一只帆船的模型,装在一只玻璃瓶里。但是比起我们从波士顿港起航的"戴安娜"号,它的帆没有那么整齐,它的镀金表面也没有那么精致。也许今晚那个古老的瑞士音乐盒又会自动演奏,就像平常那样毫无征兆。当它弹出华尔兹舞曲《玫瑰与木樨草》时,就同伊莎贝拉·范·伦斯勒和其他人在佩图先生举办的沙龙里翩翩起舞时的曲调一样欢快。可我总觉得坐在这里倾听很奇怪。要知道佩图先生的沙龙就在穿过华盛顿广场的地方,离我现在坐的地方仅有一个街区,不过那时没有摩天大楼,也没有像这样满是小店铺的街道。

第一章 回忆开始

也许是玻璃瓶里的帆船，也许是音乐盒，虽然我认为更可能是鹅毛笔，使我产生了写下自己故事的想法。这支笔附带一个锡制的墨水瓶架，笔上的羽毛就像女士礼服上的鲸鱼骨或者小女孩的阔边女帽一样，早已过时。而且，人是无法忘记年幼时的教养的，我陪伴着克拉丽莎用鹅毛笔将所有的箴言抄写在练习本上时受益良多。如果亨特小姐和老绅士说的是真的，我是古玩店里最名副其实的古董，那么相较于这些新奇的自来水笔，为什么我不应该更喜欢羽毛笔呢？我不喜欢这种写起字来还能听到沙沙声的尖头钢笔。所以我将忠诚地用我现在握在手里的鹅毛笔，开始写下我的回忆。

据我所知，我是一百多年前的隆冬在缅因州被制造出来的。

自然，我对这一切完全没有印象。不过我以前常听普雷布尔家的人讲，以至于有时我自己也认为，是"上了年纪的沿街小贩"在一小块花楸木上把我雕刻出来的。这块花楸木是那么小，即使作为一个玩具娃娃，我的身材也显得偏小，可他非常珍视这块花楸木，因为这是他漂洋过海从爱尔兰带来的。花楸木近在手边是非常好的事情，因为它不仅能够驱邪避凶，还能带来好运。这也是为什么自从他开始沿街叫卖后，就一直将这块花楸木放在随身携带的包裹底部的原因。通常，五月到十一月的生意最好，因为这个时候道路畅通，天气也暖和，农妇和她们的女儿们可以站在家门口的台阶上看他摊开来的小商品。但是那一年，他向北走得比以前更远了一些。大雪将他拦在连通海边和树木繁茂的乡村的路上。阵风猛烈，旋即在路上吹起积雪，他被迫来到普雷布尔家的厨房门前，因为在那儿他看见了光。他敲响了门。

　　普雷布尔夫人总是念叨，要是没有"上了年纪的沿街小贩"，她都不知道她和菲比该怎样生活，因为他们三个，还有做杂役的男童安迪，很费力才使炉火持续燃烧，照料牲口棚里的马、牛和鸡。即便是天气转晴了好多天，道路仍然无法通行，所有的船只由于暴风雨被困在波特兰港。所以"上了年纪的沿街小贩"决定留下来，在附近帮人家做点儿零活，直到春天来临，正好普雷布尔船长出海了，要几个月后才能回来。

　　那时候，菲比·普雷布尔是一个只有七岁的小女孩，快活友善，脸庞两侧垂着整齐的金色圆发卷。就是为了她，我从一块只有六英寸半①高的花楸木，变成了一个玩具娃娃。所以，我最初的记忆是一间温馨的方形房间，上面有棕色的横梁，角落里是像洞穴一样的大壁炉，壁炉里面的火焰吞噬着粗大的木头，黑色的旧水壶就悬吊在上面的铁钩上。我听到的第一句话是菲比对她的妈妈和安迪说的："看，现在娃娃有了脸！"他们过来凝视着我，"上了年纪的沿街小贩"把我夹在他的拇指和食指之间，在火光下转来转去，好让我身上的颜料快些干。我能记起当时菲比看到我的容貌时的兴奋表情，能记起她的妈妈看到老年人在如此小的木头上雕刻出了真正的鼻子时所露出的惊讶神情。的确，他们都认为，没有人能拥有如此高超的折叠刀使用技巧。那天晚上，我被放到壁炉台上晾干，微弱的壁炉火光在墙上映出奇怪的影子，老鼠在墙里墙外吱吱叫着乱跑，窗外的风吹过大松树的枯枝发出熟悉的呼啸声。

菲比的妈妈决定，只有我被穿戴得整整齐齐了，菲比才能跟我一起玩。菲比并不是喜欢做针线活的孩子，可她的妈妈非常坚决，所以现在针、线、顶针和饰品包都被拿了出来，为了我的第一套衣服，她开始为我测量。那是一块点缀着小红花的米黄色印花布，我认为它真的非常漂亮。菲比的针法并不是最

---

① 约16.5厘米。

好的,缝了十分钟或十五分钟之后她就开始烦躁起来;尽管如此,她还是那么急切地想跟我玩,所以她的勤劳也着实令我们都大吃一惊。我确实记不太清楚我的名字是如何来的。起初,我受洗时被命名为梅海塔布尔,可是菲比没有耐心说这么多音节,所以现在我就成了全家人口中的希蒂。事实上,正是在普雷布尔夫人的建议下,这个名字被工整地用十字针法绣在了我的内衣上,而且菲比为它选了红色的线。

"现在无论发生什么事,她都能记住自己的名字了。"当看到最后一个字母也绣好了,菲比的妈妈说。

"但是妈妈,她什么事也不会发生的!"小女孩喊道,"因为她永远都是我的娃娃。"

如今想起这些话来是多么奇怪啊!那时候我们对即将发生在我们身上的事情都预料不到!

几个星期以后,我的印有花枝图案的外衣终于缝好了最后一针。不幸的是,那是一个星期六,而在那个时候,从星期六日落到星期天晚上,绝大多数的孩子是不允许玩玩具的。那时还是二月,太阳早早地就落到了公路西边云杉覆盖的大山后面,菲比根本没有玩尽兴,她恳求妈妈再让她在壁炉边玩半个小时,但是她的努力是徒劳的。妈妈把我放到松木梳妆台最上面的一个抽屉里,以免我的小主人看到后禁不起诱惑。我被隔离了,只能与普雷布尔太太最好的佩斯利细毛披巾、菲比的海豹皮暖手笼和披肩——那还是她爸爸上次去波士顿时特意为她带回来的——相伴，直到第二天早晨去教堂的时候。

周日的教堂礼拜对普雷布尔一家非常重要，虽然他们住在几里地之外，乘雪橇也要很长时间。菲比穿戴整齐，早早地等着妈妈和安迪。她踏上脚凳，拉开梳妆台的抽屉，看到了我。她本来是来取毛皮披肩的，可是她一看到我就无法控制自己了，虽然我必须公平地讲，菲比已经尽全力控制自己了。

"不，希蒂，"她说，"今天是星期天，所以我不能碰你，直到今天日落前都不能碰你。"

当她想到还有那么久的时候，不禁叹了口气。就在我们两个明白怎么回事之前，我已经被她拿在手里了。

"毕竟，"她对我辩解说，"妈妈只说我星期天不能和你玩，我就是帮你把衣服捋平。"

过了一会儿，她突然想到正好可以把我放进她的暖手笼里。我心中窃喜，而且一点儿也不惊奇她突然想到了这个计划。

"没有人会想到你在我的暖手笼里，希蒂。"她低声说。我能从她的声音中断定，余下的清晨时光我不用在松木抽屉里度过了。就在这时，她的妈妈走了进来，匆忙地催促菲比说，他们再不出发，就赶不上唱赞美诗了。那个时候我还不知道赞美诗是什么，但是赶不上唱赞美诗的想法是如此令她的妈妈担忧，以至于在抽屉里拿披巾的时候，她的妈妈都没有察觉到我没在抽屉里，也没发现菲比的脸颊已经变得绯红。

在海豹皮暖手笼里既暖和又舒适，虽然菲比把双手都放进去

意味着我的空间更狭小了。当然,我什么也看不见,除了那偶尔摇曳的炫目光线,我想那一定是太阳光照在雪地上反射出来的。不过,我能感到马拉着我们在雪地上驰骋。我能听到雪在马的脚下嘎吱作响,"上了年纪的沿街小贩"边挥舞鞭子边吹着口哨,我们的雪橇铃铛欢快地响个不停。可是普雷布尔夫人不喜欢铃铛的声音,她一直在责怪安迪忘记把它们从马具上卸下来。她说带着铃铛上教堂会破坏安息日的神圣,而且也不知道邻居们会怎么想。但是安迪说,铃铛就是铃铛,听不出雪橇上的铃铛响声与教堂塔尖上的铃铛响声有何不同。

　　安迪的这番言论引来菲比妈妈更严厉的责骂。如果不是雪橇恰好那时停在了台阶前,她还会继续骂下去。一想到自己是在教堂里,一个在任何情况下都不建议带娃娃的地方,我就感到一阵幸福,心里也充满了好奇。虽然不能看到暖手笼外面的情景,但我努力地听着周围正在发生的事情。即使是现在,这么多年过后,我的耳畔依然回响着周围做礼拜的人们起身时发出的沙沙声及合唱的旋律:

　　　　赞美他是万福之源的神,赞美他创造了凡尘中所有的生物……

　　这让我这个木头娃娃从头到脚都感到非常庄严。

　　讲经和祷告的时间是那么长,我放弃了追着听的努力。至于菲比,她先感到不耐烦,然后从椅背上滑下来,靠在妈妈身上打起盹儿来。我的不幸就这样发生了。她睡着的时候,暖手笼在她的手里摇晃。渐渐地,她的手松开了,紧接着我从舒适的海豹皮暖手笼里掉了出来,头朝下摔到了地上。幸好这一幕发生在全体起立做最后的祝福时,所以没有人听到我跌落在地的声音。暖手笼向相反的方向滚去,被安迪捡起,惊醒的菲比则猛地起身,像其他人一样低下头来。

当看到所有人的脚都从菲比坐的那排长凳走开,我也没被发现时,我感到很害怕。我听到了门外雪橇和马的声音,期待着菲比能设法回来找我。但最后,当我听到门被锁上、百叶窗被重重地拉下时,我陷入了绝望,知道自己没有获救的可能了。我想,菲比的妈妈刚才一定催促她快些走,而她也不敢承认将我带到了教堂。于是我开始专心思考起自己所处的糟糕境地,毕竟这是我第一次来到外面的世界。

我极不愿回忆那些被困在教堂的日日夜夜,直到今日我也不知道自己究竟在那儿被困了多少天。我只知道那是我最悲惨的日子,即使后来遭遇火灾和轮船失事也没有这么悲惨。可怕的寒冷,我的手和脚好像都要冻掉了。外面狂风怒吼,吹得横梁和钉子嘎吱乱响,门廊的敲钟绳前后摇荡发出阴沉可怕的响声。那儿还有乱飞的蝙蝠,我对它们毫无防备。其中一只蝙蝠还将巢筑到了菲比坐的那排座位的角落里,离我躺的地方只有几英尺远。白天它将自己倒挂在灰色的球上,但是到了晚上它

就飞出去四处猛扑,令我十分恐惧。有时候它飞得很低,甚至翅膀都碰到我了,而我也注意到它的一双小黑眼睛在黑暗中闪闪发光。它的脚爪在我看来非常尖利,我不希望跟它们近距离接触。此外,我旁边的地上放着一本插图版《圣经》,翻开的那页正好是最令人痛苦的一幅画——一个男人被一条大鱼吞下,可我不幸的遭遇并没有获得《圣经》的任何帮助。就在那一刻,我觉得自己和那个男人的境遇同样不幸。

一天,当听到钥匙在锁里旋转的时候,我又重新燃起了希望。那是教堂司事周三例行巡阅,以检查所有的物品是否都安然无恙。我开始又一次充满希望——可是怎样才能引起他的注意呢?现在我躺在靠背长凳下面,被一只脚凳和一本《圣经》包

第一章 回忆开始

围,连一根指头都动不了,很难被发现。我必须承认"上了年纪的沿街小贩"所认为的一双像连指手套一样的手最适合我:一侧只有大拇指,而另一侧是合并的其余手指。所以,我就只能依赖我的脚。可是它们被固定住了,而且,我也无法享受膝盖的灵活。不过,用尽全身的力气,我终于能够从上面固定腿的地方动一动了。我明白这是我唯一能做的事情,所以我竭尽所能地将腿抬起又放下。

砰!砰!砰!

连我自己都被双脚落到古旧地板上的声音吓了一跳。那声音穿越空荡的教堂产生了令人恐怖的回声。我听到教堂司事发出了近乎窒息的惊叫,紧接着又听到哗啦一声,那一定是他手中的扫帚掉到了地上。然后他向教堂后面跑去,一路跌跌撞撞,好几次都碰到靠背长凳上。我听到他被吓坏了似的喃喃自语:

"可能是幽灵,也可能不是,不过我不会冒这个险!"

尽管很不舒服,但我还是为自己的一双木头脚能令教堂司事如此恐惧而感到骄傲。

幸运的是,菲比并不擅长保守秘密。这之前她已经坦白了带我去教堂的事实,而且许诺,只要我能再次回到她身边,她绝不会再犯同样的错误。于是,当安迪和"上了年纪的沿街小贩"出去寻找我的时候,她被要求额外再绣一段时间的刺绣。

任何笔,即使是最好的羽毛笔,也不能描述我再次回家的喜悦。任何炉火都不及普雷布尔家壁炉里的明亮、跳跃。多好

啊,我又能感受到炉火烤在身上的温暖,能看到它的火光在摇曳。菲比正俯身将箴言绣到方形帆布上:

> 良知会说出令人不悦的真理,
> 但会为她留下深刻的教训。
> 任何人与她不和睦,
> 都会终生失去好朋友。

毫无疑问,菲比和我都记住了这段箴言,因为菲比的妈妈要求菲比一定要圆满地绣完最后一个字母后才能和我玩。绣这段箴言菲比用了很多天,而且在针进针出的时候留下了许多线洞和线结。

我被放置在高处的搁板上,怜惜地看着菲比。这对这个小女孩来说是一个教训,而且普雷布尔太太在得知真相后不断地给菲比讲良知,讲一个人应该如何认真地聆听和做她被告知的事情,我开始为玩具娃娃不需要做这些而感到高兴。从菲比完成刺绣样品时发出的叹息声,我想菲比宁愿失去良知。

那一年,缅因州的春天来得特别晚。积雪初融前的三月中旬,路面仍如一个月之前一样泥泞,马匹和货车几乎难以通行。褪色柳发芽也比往年晚了若干个星期,安迪直到五月才用柳叶吹出了口哨。突然有一天,普雷布尔家门前的丁香丛冒出了新芽,道路两侧的树林里出现了黄色和蓝色的紫罗兰、雪花莲和雪割草。还有五月花，安迪和菲比就找到了一株。从那以后，我通常能在花匠的窗边看到它们被修剪成僵硬的小束，与我们在普雷布尔森林里采到的树叶和鸢尾花不同。

道路一通行，"上了年纪的沿街小贩"就背上包裹和普雷布尔太太为他准备的一大袋食物动身了。菲比怀抱着我，与安迪一同将他送到三角草岛，那是三条路交叉的地方。在那儿他们与他道别，并目送他消失在通往波特兰的路上。"上了年纪的沿街小贩"一瘸一拐地向远方走去，身上的包裹太重了，把他的身体压向了一侧，就像路边被大风吹弯了腰的树。当他走到转弯处时停了下来，向我们挥手告别。安迪和菲比也向他不停地挥手，直到他在他们的视线里消失。

要不是菲比的爸爸不久以后就回来了，我们一定会感到孤独。菲比的爸爸大步走上丁香丛中的小路时，我们事先没有得到任何消息。他是从波特兰乘双轮轻便马车回来的，由于带了许多箱子和包裹，以及水手柜，马车的前排都被堆满了。他们的宝贝还有丝绸和细羊毛披巾，象牙雕和珊瑚雕，喂饱了的小鸟和途经每个港口时购买的小装饰品。我总是很好奇，如果亨特小姐看到了这些宝贝会说什么。

普雷布尔船长身材高大魁梧，正如他太太总是骄傲地描绘的那样，他有 6.4 英尺[①] 高，而且他有着我所见过的最最明亮

[①] 约 1.95 米。

的蓝眼睛。他笑的时候,眼睛几乎闭上,余光从眼角射出,就像老照片里太阳射出的光线一样。而且他经常笑,尤其是听到菲比说的东西。无论他何时笑,那笑声都像是从他穿在硕大无比的橡胶靴里的脚趾开始,隆隆地向上爬,向上爬,直到从他的嘴里爆发出巨大的哈哈声。

菲比的爸爸亲过她以后,把她举过头顶荡来荡去,看她长大了多少。这时菲比跟爸爸说的第一句话就是:"这是我的新娃娃,希蒂。"之后,他听到了所有的故事,关于"上了年纪的沿街小贩",关于花楸木,关于我如何在教堂的靠背长凳下面度过了大半个星期。普雷布尔船长听得大笑不已,外套上的纽扣随着他的笑声起起伏伏,就像大海中漂泊的小船,而菲比的妈妈在一旁直摇头。

"这不是一件可笑的事情,丹尼尔,"她对他说,"我声明,如果你在一个星期里把她像鹦鹉一样宠坏,我将看不到我努力地正确地抚养孩子的成果。"

我非常清楚地记得她的话,因为我从未见过鹦鹉这种鸟。现如今已经听不到它们被提起,所以我想这个物种在许多年前一定已经灭绝了。

第二章 我飞上了天，更高兴能落回到地面

关于第一个夏天，我能写满很多页纸——写普雷布尔船长带我们乘坐双轮轻便马车去波特兰、巴思和附近的农庄旅行；写在旧的南瓜色平底小渔船里他用自制的船帆教安迪航海；写邻居和亲属在如今的好天气里经常前来拜访。在夏季总是很短暂的北方，白昼时间较长，天空蔚蓝无垠，阳光灿烂明媚，一切是多么美妙啊！所有的花朵似乎都竞相开放。当金凤花、雏菊和山柳兰还在田地里盛开的时候，野玫瑰已经绽放了自己娇嫩的花瓣，而在最后一片野玫瑰花瓣凋落之前，安妮女王的蕾丝①和秋麒麟草已经迫不及待地钻出了地面。然后就有成篮的浆果可以去采摘。所有的人都说，从未有过这样的季节，尤其适合野生覆盆子的生长。的确，正是由于它们，我才如此快地忘情于世界。

事情是这样的：普雷布尔夫人让我们再去采一些覆盆子储存起来。安迪和菲比打算去不到一英里远的一小片地方，几天

---

① 即野生胡萝卜。

前我们刚刚去那儿采摘过。安迪拿着一只大的细藤条篮子,菲比拿着一只小的,而我被放在小藤条篮子里。菲比将车前草的叶子整齐地铺在篮子底儿,感觉既凉爽又平坦。那是七月末的一个下午,天气炎热,我很感激能够远离公路的尘土和耀眼的阳光。对我来说,我再一次感受到做一个娃娃真好。唉!但很快我就改变了自己的观点!

当我们来到那小片覆盆子地时,已经有人先于我们来过了。灌木丛已经被破坏得"弯下腰来",而且几乎一颗覆盆子也没留下。

"有一个地方,离海滨不远。"就在他们失望地准备转身离开时,安迪突然想起来了,"走到折返湾后,沿着海滩继续走,一直走到一块林间空地。那里的覆盆子几乎有我两个大拇指放到一起这么大。"

"可是妈妈说我们不能远离收费关卡，"菲比提醒安迪，"无论如何不能跑到她的视野之外。"

"那，"安迪是一个不轻易放弃自己想法的人，"是她让我们来采覆盆子的，不是吗？可这儿已经没有覆盆子了。"

这一点无可否认，而且还可以说服菲比忘掉母亲的话。很快我们就向着折返湾出发了，路上我们穿过了一大片茂密的云杉林，密集的云杉树之间只有一条游丝般狭窄的羊肠小道。

"我听到艾布纳·霍克斯昨天晚上告诉你妈妈，附近又有印第安人了。"安迪对菲比说，"他说那是帕萨马科迪人，而且有很多。他们现在开始卖篮子和其他东西，但是他说不能相信这附近的帕萨马科迪人。如果我们碰到他们，最好要当心。"

菲比颤抖起来。

"我害怕印第安人。"菲比说。

"来吧，"安迪鼓励道，"我们就要从这儿拐弯去折返湾了。我们将不得不走一段石头路。"

那是一段相当难走的路，石头在烈日下暴晒了几个小时，已经变得滚烫。即使穿着拖鞋，菲比依然抱怨着，而赤脚的安迪则边叫边从一块石头跳到另一块石头上。他始终沿着海边走，借飞溅起的水花给双脚降温。他们用了很长一段时间才到达那片覆盆子地并开始采摘。菲比把我舒服地放在空地边缘一棵有节疤的老云杉树树根之间，在那儿我能看到他们在灌木丛中移动。有时荆棘生长得很高，我只能看到他们的头，就像两个圆苹果，一个黄色的，一个红色的，在绿树丛里上下晃动。

折返湾畔宁静而美好。云杉树枝低垂入水，树梢则深暗尖峭，犹如上百支箭头直射云霄。海水碧蓝闪烁，白色的扇形小泡沫不断地敲打着遥远的牛岛岸边。空气中充斥着蜜蜂和鸟儿的鸣叫，海水冲刷沿岸卵石的声音，以及安迪和菲比采摘时彼此的呼唤声。世界上再没有其他娃娃像我一样觉得如此满足。

突然，没有任何征兆，我听到菲比发出了一声尖叫。

"印第安人！安迪，印第安人！"

我看到她指向了我身后的树林。她的眼睛和安迪的眼睛都睁得滚圆。可是我什么也没看到，因为我的头不能转动。安迪抓住菲比的手，一起向相反的方向跑去。他们沿着海滩飞奔，卵石在他们脚下咯吱作响，覆盆子随着他们的脚步从篮子里不断滚落。很快他们就消失在树林中了，没有回过头来看一眼。起初，我不能相信他们把我忘了。但是毫无疑问，事实就是这样的。独自一人在那儿等待是很可怕的，尤其是听到身后的树枝不断被折断，还有咕哝着的无法理解的奇怪语言。

她们只是五六个穿着鹿皮鞋、戴着串珠、披着毛毯的北印第安女子，也是为了采摘覆盆子而来的。没有人注意到云杉根部之间的我。我看着她们将覆盆子装满自己的编织篮，心想，虽然她们的头发是褐色的，而且还有点脏，但她们看上去又胖又和善。她们中的一个还背着个孩子，小孩儿明亮的小眼睛从毯子里望出来，就像旱獭从自己的洞里向外张望一样。差不多

日落时分，她们才带着装满覆盆子的篮子穿过树林跋涉而去。

我想：现在，安迪和菲比就要回来接我了。

但是，随着太阳逐渐西沉，并最终隐匿在树林后面，我开始有点儿担心了。现在天空烧着晚霞，海鸥结伴飞往牛岛。当它们飞翔的时候，我能够在它们的翅膀上看到落日。要是与菲比和安迪在一起，这样的景色对我来说将会是多么美妙啊。我忽然觉得自己失去了亲人，而且感觉自己很渺小。但是，与我即将要感受到的相比，这几乎不算什么。

一切发生得极其迅速，我也没弄清楚究竟是怎么发生的。事实上，整个下午我都听到远处有乌鸦叫声，所以模糊地意识到在附近的树林里有乌鸦。不过，我对乌鸦已经习以为常了。菲比家周围有很多乌鸦，所以我对它们沙哑的哇哇声没有理会太多，直到一个令人惊恐的声音响在我的头顶。同时，我感到一片奇异的黑暗将我笼罩。我知道这不可能是夜晚的黑暗，因为天空还是粉色的，而且这黑暗很沉重，还有一股热气。这还不是全部。我还没反应过来，一张尖利的乌鸦嘴已经开始啄食我的脸，一双邪恶的黄色眼睛一直盯着我。"哇——哇——哇！"

虽然我是结实的花楸木做成的，但我还是惧怕这凶猛的攻击。我感到自己快要死了，我很高兴能把自己的脸埋入凉爽的苔藓里，这样我就不用再看乌鸦残酷的表情了。现在回想起来，也许乌鸦并不是真的残酷。乌鸦的黑色羽毛和尖利的嘴巴是天生的，它们自己也不能选择。但是它们应该对抓到的东西看得更仔细些。显然，这只乌鸦已经对吃我感到气馁了，因为努力几次之后它就不再尝试了。但是，它是一只非常固执的乌鸦，似乎决定将我派作他用。

忽然，我感到自己被吊在空中。我努力地抓住苔藓和树根，但无济于事。当我的脚先抬起时，树根和苔藓就已经远离我了。折返湾、云杉树，还有那片覆盆子地，在下面奇怪地混合到一起。当风呼啸而过时，我的裙子猎猎作响。我感到自己一会儿上升，一会儿下降，全凭乌鸦的喜好。

"这下完了！"我想，真期待能穿越时空。

但是,真的,天意和乌鸦的行径都很诡谲。

终于,我可以休息了。我发现自己来到一个非常凌乱的鸟巢里,就在一棵松树的顶端,而我正凝视着三只乌鸦宝宝,它们正惊异地看着我。它们虽然没有妈妈那么庞大,那么凶狠,但是它们嗷嗷待哺的嘶哑的叫声和张开的红色食道也很令人恐惧。它们的嘴一直是张着的,当我看到乌鸦妈妈向这些张着的嘴里投放的食物时,我开始可怜起乌鸦妈妈来。它自己连一小口都没有吃上。咯咯咯的叫声又响起来了,乌鸦妈妈必须再次起程去寻找更多的食物。我从未见过谁有这么好的胃口,我有充裕的时间来看这一切,因为我必须要在这巢中度过两天两夜。

我发觉自己正处于最难受的境地。这个鸦巢在同类中可以算是大的,但是对三个刚会飞又很好动的乌鸦宝宝来说就不够大了。我一会儿被挤撞,一会儿被推搡,一会儿被刺戳,一会儿被抛来抛去,直到鸦巢里只剩下我自己。有时,乌鸦妈妈会合拢翅膀,将身体压在我们上面,这样不但使鸦巢变得更加拥挤,而且令我在鸦巢的底部被乌鸦宝宝的利爪抓得窒息。我不知道自己是怎样熬过第一个晚上的。

不过清晨还是来了,乌鸦妈妈又开始了它的觅食之旅。看到太阳从最高的松枝后面而不是从窗玻璃后面升起来,鸦巢与随风摇摆的树枝一起晃动,这种感觉真的很奇怪。但当我逐渐适应后,甚至感到愉快。这种随风晃动,连同乌鸦们的推挤,使我所处的位置越来越危险,我知道,如果我不想被挤出去的话，我的双脚就必须牢牢地支撑在交叉的树枝之间。渐渐地，我学会了调整自己的位置，学会了向上爬得高些，这样我就能越过鸦巢的边沿向外看了。起初这吓了我一跳，以至于不敢从这令人头晕目眩的高度向下看。这也是为什么过了相当长的时间后我才发现，原来我离家并不远——据我当时的推算，到前门也就一箭之遥。原来，乌鸦把我带到了菲比家旁边的那棵老松树上。我看到那熟悉的烟囱里升起炊烟，看到老查理在谷仓附近放牧。

起初，这令我感到宽慰。但后来我发觉，这只能令事情更加复杂。看到普雷布尔一家在我下面活动，听到安迪和菲比的声音，我却不能吸引他们的注意，这是多么令人焦急啊！而且乌鸦宝宝们一直在嘶哑地喊叫，推推挤挤，为了争抢食物打架。随着时间流逝，我越发感到难受和孤独。

每天我看着太阳在松针间落下，风吹过松针发出深沉、急促的响声。如果在安全踏实的地面上聆听这声音，那将是非常美妙的，但在我这样危险的高处听这声音，就完全是另一回事了。看到普雷布尔家的烟囱里飘出蓝色的烟，我知道一定是在煮晚饭呢。很快他们就会聚集到餐桌旁吃晚饭了，但是我不能和他们在一起。

"如果她看到她的娃娃现在所处的环境，菲比一定会哭的。"当最活跃的乌鸦们挤撞我时，我悲伤地想，双臂被树枝刺得很痛。

我一点也不愉快，因为小乌鸦们变得越来越好动，它们甚至不愿给我一个最狭小的角落。

夜幕降临了，一种失望感向我袭来，比乌鸦的翅膀还要沉重，比夜晚的天空还要漆黑。

"我再也不能忍受了！"最后我告诉自己，"我宁愿被投入燃烧的壁炉里烧成灰烬，也不愿在这儿再忍受一个晚上。"

我知道，一定要赶在乌鸦妈妈最后一次觅食回来之前行动，所以我开始艰难地向鸦巢的边沿移动。我凝视着下面的广阔地面，决心投入它的怀抱。我必须承认，在我的一生中再也没有比此刻更害怕的时候了。就在这时，我记起在树下有一块大的灰色卵石，菲比和我以前经常坐在上面。想到这一点，我的勇气突然消失了。

"不入虎穴，焉得虎子。"我给自己鼓劲。这是普雷布尔船长最喜欢的一句格言，在做准备的时候我重复了许多遍。"毕竟，我不是用普通木头做成的。"

如果我能一点一点移动，如果我能先移动一只手臂，然后再移动一只脚，那就会容易许多，但是我的身体构造妨碍了这样的移动方式。我的腿和手臂必须同时移动，否则就动不了。

"哇，哇，哇！"

我听到乌鸦妈妈要回来了，我知道不能再浪费时间了。幸运的是，乌鸦宝宝们也听到了妈妈的叫声，它们开始在鸦巢里猛烈地跳动，即使我想静静地待在鸦巢里也不可能了。双脚抬

起,双手伸出,扑通!我越过鸦巢的边沿掉了下去!

黑暗像个无底的深渊,而我正坠入其中。在我向下坠落的过程中,坚硬的松针和松果剐蹭我的脸,尖尖的树枝也不断撕扯我。我相信,即使从月亮上掉下来也不会比这儿更远。在我停止坠落之前,我一直以为我一定会到达地面。但是,我仍然能感觉到周围的松针和松枝,当我伸展手臂时,也并没有感觉到令人安慰的坚实土地。

当黎明来临时,我发现自己的新位置比原来略好一些。没有如我预想的那样从老松树上掉下来,而是缠在了一根向外伸展的松枝上。这个很不淑女的姿势令我非常不舒服,不舒服真的不算什么,关键是这个姿势使我感到羞耻。可我又不能调整姿势。事实上,我几乎不能动,我被缠得非常紧。

现在,令人更难堪的经历在等待着我。尽管我能够毫无障碍地看到普雷布尔家发生的一切,但这棵松树很高,很难有人在这样一个地方发现我。所以,好多个日夜我就倒挂在那儿,雨淋风吹的。但最艰难的是,当我看到菲比就在我下面走动,就坐在我正下方的卵石上,我所在的树枝的影子就映照在她的鬈发上时,我却不能令她抬起头来向上看。

"也许,"我悲伤地想,"我要一直倒挂在这儿,直到我的衣服都破碎了。也许,在菲比长大之前,当菲比长大到不再需要娃娃的时候,他们也不会找到我。"

我知道她想念我。我听到她这样告诉安迪,安迪也答应再

第二章 我飞上了天，更高兴能落回到地面

次与她去那块覆盆子地找我。他们确信印第安人拿走了我，我想这令菲比对我的遗失感到更加悲伤。而我一直头朝下倒挂着，我的裙子也翻转过来了，就像一把里面翻到外面的伞。

说来也奇怪，竟是那些乌鸦最终促成了我们的重逢。在我离开鸦巢的最初几天里，乌鸦宝宝们已经开始尝试飞翔。它们不断发出振翅声和欢叫声。从那以后我再也没有听到过类似的声音，但是那时我不知道还有比它们更令我感到亲近的乌鸦。普雷布尔太太说，它们的声音让她无法集中精力，安迪就用弹子打它们。他可能从来也没有射中它们，但它们总是叫得好像被射中了一样。终于，一天清晨，当他站在老松树的正下方举着弹弓瞄准时，看见了我。我猜想是我裙子上的黄色吸引了他的注意，即便如此，他也颇费了些工夫才认出我。

"菲比！"当他忽然意识到自己的发现时大声喊道，"快来看老松树上发生了什么。"

他放下弹弓，跑去找菲比。很快全家人都聚集到了老松树的下面，讨论起怎样才能把我救回到地面上。这是一个非常严肃的问题，因为老松树的树干极其高大，即使安迪站在普雷布尔船长的肩膀上也够不到我。也没有那么长的梯子可以够到我，而且我是倒吊在靠近松树顶的地方，似乎唯一的办法就是砍倒整棵树了。但这是普雷布尔太太坚决反对的。她说这是一棵古老的松树，与铜门环和松木梳妆台一样属于整个家族。安迪试着向上抛青苹果，可我被牢牢地倒钩在松枝上，青苹果根本不

能撼动我,而他们也不敢换用石头。我开始感到失望了。

然后,走开了一会儿的普雷布尔船长回来了,手里拿着一根长长的桦木杆,那是他刚刚砍下来的。虽然这根桦木杆的长度够了,可无论普雷布尔船长和安迪将杆头削得多尖,一个多小时后我依然牢牢地卡在松枝上动弹不得。最后,普雷布尔太太一手拿着长煎叉,一手拿着刚刚炸好的一盘甜甜圈,出现在了厨房门口。这一幕给了普雷布尔船长灵感。

"你让我想到可以试试将煎叉绑到桦木杆上,"他说,"这样我们就能抓住她了。"

转瞬间他就将炸甜甜圈的煎叉绑在了桦木杆上。煎叉看上去非常恐怖,但我已经完全没有心情挑剔。当我感到比乌鸦嘴还尖利的煎叉刺进我的身体时,我丝毫没有畏缩。令我高兴的是,我发现自己从大松枝上被举了起来。

"捕鲸的方法不止一种!"普雷布尔船长把我放到菲比的手里时大笑着说。"而且炸甜甜圈的煎叉也不止一种用途!"他把煎叉还给普雷布尔太太时补充道。

"我不觉得奇怪,就是那些讨厌的乌鸦把她从折返湾带到这儿来的。"安迪对菲比说,"这不是不可能;而且,它们确实是讨厌的小偷。"

菲比实在太高兴了,她都没有为我的衣服破了而感到焦虑或伤心。而我呢,只希望能永远地待在她的怀中。

第三章　我的陆上和海洋之旅

由于我的衣服遭受了乌鸦、风雨及尖树枝的破坏，我不能经常外出。但在经历了刚刚过去的一切之后，我非常感激能够待在普雷布尔船长利用闲暇时光为我编织的小巧干净的摇篮里。菲比的妈妈答应，只要她一有时间就给我剪裁一套新衣服。但那个时候在普雷布尔家，空闲时间很明显是非常难找的，因为普雷布尔船长不久以后又要出海远航了。那将是一次捕鲸之旅，他已经购买了"戴安娜"号过半的产权。如今，"戴安娜"号正停泊在波士顿港检修和配备补给。

这样转眼就到了九月，大海、树叶以及每一片草叶都闪耀着光泽，甚至连我的身体都感到了一种膨胀的感觉。整日整夜你都能听到蟋蟀们在干燥的草丛中叽叽喳喳地叫个不停。

"它们在用歌声驱赶寒冷。"一天晚上，我们三个坐在门前台阶上看红色的秋月升起时，安迪这样告诉菲比。

"那它们真的能把寒冷赶走吗？"菲比对这类事情总有着强烈的好奇心。

"不能，"安迪说，"它们只是认为它们能够。天越冷，它们的叫声就越大，但霜降还是会袭击它们。等着看。"

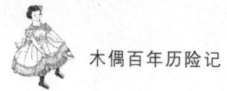

"真高兴我们不是蟋蟀。"菲比说。她把我抱得更紧,像害怕我会变成一只蟋蟀似的。

那天晚上,当整个房子安静下来,所有人都上床休息以后,我躺在摇篮里听到蟋蟀的叫声,回忆起安迪的话,也庆幸自己不是一只蟋蟀。

那时邮差在波士顿与波特兰之间一周往返三次,普雷布尔船长常常去波特兰查看波士顿来的邮差是否给他带来了"戴安娜"号的消息。轮船的配备一再延迟,船长变得越来越不耐烦。

"鲁宾·索姆斯捕鲸水平一流,"一天我听到他对妻子说,"但对轮船检修很不在行。如果我希望十一月前起锚,我将不得不搭乘下辆驿站马车前往波士顿。这是我的船最后一次停泊在波士顿。从今以后它就停泊在波特兰。"

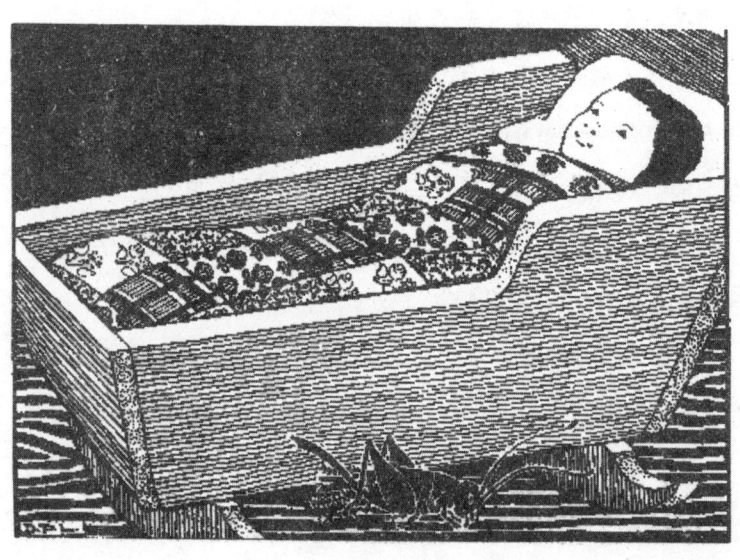

"现在，丹尼尔，在我织好你的第十二双袜子之前不要走。"他的妻子恳求道，"一想到你将湿着脚出航，我在家里就无法轻松。"

"我想这对后天你跟我一起去波士顿没什么影响，"他笑着说，"你可以在路上织完它，而且能够在那儿给你和菲比选购时尚的新毛衣。"

"我的天，丹尼尔，谁还听过这样滑稽的话？"她边说边强烈地摇头，"你总是这样浪费——点着两盏灯，可海上没有船。"

她的话当时令我很迷惑，后来我才知道，这是一句俗语，捕鲸人的妻子们常这样说，意思是一个人正在花他还没有挣到手的钱。不久我就听到了许多这样的航海习语。

但船长总能随心所欲。所以，在一个秋高气爽的早晨，我们全都出发去乘坐前往波士顿的驿站马车了。太阳刚刚升起，我们就喧闹地出发了，将普雷布尔家的白房子、红谷仓和老松树留在了身后。我从没想过，眼前这些熟悉的景物，一周以后就再也见不到了。不，我们中的任何一人当时都没有想到，我将再也看不到前往波特兰的路上看到的所有景物。

那是个多么美好的早晨啊！我永远也不会忘记，池塘边和小沼泽边盛开的红花槭花，明黄的榆树花和桦树花，还有火红的忍冬木栅栏，它们使栅栏看上去像着了火似的。还有一路上都能看到的秋麒麟草和翠菊。

"那儿，凯特，"船长突然用鞭子指着说，"那是我今年秋天

看到的第一棵花楸树。"

在那儿,树林的边缘,果真有一棵纤细、高挑的小树,枝条上挂满了成串的橙色浆果。这些浆果就像磨光的球一般在阳光下熠熠生辉,在它们的重压下,这棵树看上去已经弯曲了。

"那是希蒂的树,"菲比喊道,"那树是个奇迹!"

"安静,孩子,"她的母亲责备道,"你不能说这些事情。"

"可是'上了年纪的沿街小贩'就是这么说的啊,妈妈!"菲比坚持道,"你不记得了吗?当他用花楸木做希蒂时,他说花楸树是战胜邪恶的吉祥物。"

"好吧,现在,我猜想他那只是在跟你吹牛。"船长急忙插嘴道,因为他看到妻子的脸很严厉,"无论如何,那树是我所说的一道美丽的风景。快点,查理,要不我们就赶不上驿站马车了。"

然而,我们还有很多时间。事实上,普雷布尔一家可以在我们乘坐驿站马车离开前,在国会大街的库森·罗宾逊家吃甜甜圈和姜饼,还可以喝几杯苹果酒,查理和马车就被留在那儿了。

如今已经没有那样的驿站马车了,或者说没有那么好那么高的马来拉它们了。这辆驿站马车被漆成了红黄两色,四匹马也是两两成双,一对灰色的,一对栗色的。轮辐则被漆成了黑色,当马车飞速前进时,看得人直发晕,尤其是将头伸出窗外张望时。也许这正是菲比感觉不舒服的原因,因为我们喧闹颠簸地行进了近一小时后,她就开始抱怨不舒服。普雷布尔船长和安迪他们已经爬到了车顶。车厢里还有两三位女士同我们一起,她们都对菲比充满了同情,还纷纷给出了建议。一位女士拿出了胡椒薄荷锭剂,另一位女士拿出了柠檬糖,而我想干甘草和家酿云杉啤酒也能起作用。菲比尝试了所有的方法,但没有一种能令她感觉舒服一些。她的脸色苍白,当我们疾速前进时她更愿意闭目静卧。

"我担心,"她的妈妈忧郁地摇着头,对其他几位女士说,"她得了遗传性的胃病。我们家人都有胃病。"

我很高兴我不用遭受这样的痛苦。然而,我当然也不能纵情享受库森·罗宾逊家的苹果酒和姜饼!我猜想可能还有事情要做。

晚上我们住在朴次茅斯一家古老而精致的小客栈里,第二天天亮前就出发了。休息一夜的马匹又配上了马鞍,驿站马车很快就颠簸着向塞勒姆驶去了。

第二天,菲比证明了自己是一个很好的旅行者,她妈妈边与新来的两位女乘客闲聊,边飞针走线继续给船长织着袜子。我们驶过了港口、海岬,穿过了牧场、田野和榆树掩映的村庄街道,最后来到了塞勒姆。这是一个停满了轮船的海港,这里的房屋比我以前见过的都要大。我们在华灯初上的黄昏来来回回地走着。一些砖砌的房屋在屋顶的烟囱处还造了方形的小阳台。菲比的爸爸说这种小阳台叫"船长的瞭望台",因为船长可

木偶百年历险记

以走到那儿去看海港里停泊了什么船。而她的妈妈还在对这里的房屋的宏伟和庄严惊叹不已，艳羡里面雕刻精致的门窗和华美的家具。

"他们买得起，"她的丈夫解释说，"塞勒姆几乎是这些海港中最富裕的一个。如果我带你去码头，你就会看到那里堆放的全是来自印度、中国还有天知道是哪儿的货物。也许我这次航行能交上好运，带回来六百或七百桶鲸油，我们就能搬到这儿住了。你觉得怎么样，凯特？"

但是他的妻子直摇头。

"你知道的，我只会住在缅因州，其他地方都不会去。不过，我想我羡慕一下别人的前门和会客厅的窗帘也没有什么坏处。"船长也表示认可。

第二天晚上我们来到了波士顿，住在一位老妪专门出租给水手家庭的两个房间里。船长孩提时就认识这位房东了，所以她热情地迎接我们的到来。透过楼上的窗子，我们看到海港桅杆林立，码头上泊满了船只。

船长将我们安顿好后，立刻就带着安迪赶往自己的轮船了。他回来时，菲比和我已经吃完晚饭上床睡觉了。他的声音听起来有些焦急，并且一遍遍地重复说，他之前就应该来，他们要想在秋天逆风起航就必须现在出发。他手下最好的几名水手要么生病了，要么已经转签其他的船；他的船只维修了一半，而他找不到一个合适的厨子。这最后一个困难似乎困扰他最深，轮船上的厨师在那一年显然很缺乏。

几天过去了,船长在码头上比以前更忙了。我总感觉要发生什么事情,所以一天晚上他回来后与菲比的妈妈谈了很久,一点也没令我惊讶。他们说的什么我听不太清楚,因为菲比和我已经上床了,而他们坐在点着小玻璃台灯的桌边,头贴得很近。普雷布尔船长将航海图展开在自己面前,旁边是许多其他的文件。他边说边用粗壮的食指在地图上指给妻子看,而她则全神贯注地听着,手中的编织活不知不觉地停了下来。

"好吧,丹尼尔,"最后她说,"让我考虑一晚上,明天早上告诉你结果。我从未出过海,更没有在一艘你所谓的黏腻、老旧的捕鲸船上为一帮饿汉做过饭。"

"并不会像你想的那么糟糕,"他告诉她,"没有第二艘船进行过这么完善的全面检修。你可以把自己的客舱装饰得跟家里一样舒适,至于工作,为什么不找几个人与你一同努力去做呢?"

"但一想到家里的厨房,"她叹气道,"想到桌子上的果酱,与邻居们共有的奶牛,还有好吃懒做的查理在波特兰吃燕麦粥,我就觉得我不行。"

"你不用担心这些。"他向她保证。

"还有,如果我真的与你们同行,这艘船的名字必须改一下,要更基督教一点。"她坚决地说。

"他们说一艘船改名的话会不吉利。"船长对妻子说,"我

也并非坚持不改名,可是船员们都知道这名字,你不得不迁就他们。"

但是他的妻子坚持自己的观点。

"我不管什么船员,"她说,"反正我不会踏上一艘名字听起来如此异教化的船。"

于是船长说他会考虑改名,第二天早饭前我们随行的事情就已经定下来了。

这一天的大部分时间菲比和我都是独自度过的,因为船长和他的妻子都忙着进行最后的采购,以确保在起航前夜做好最后的准备。当安迪在晚饭后为帮两个成年水手往下搬箱子而出现时,我们非常高兴。安迪表现得好像自己很重要一样,他穿着普雷布尔船长给他买的水手大衣和橡胶长靴,很为自己感到骄傲。他看上去一下子比一个星期前长大了几岁,作为船舱服务生特别尽职。我认为,当他让我们走开的时候,听起来并不是特别高兴。

"他们都说,轮船不应该载女人,"他跟我们解释说,"要不是为了派和甜甜圈,他们不想让你们去。"

"好吧,我不介意他们说什么。"菲比告诉安迪,故意甩了甩她的鬈发,"我们要出发了。父亲今天早上这么说的,而他是船长。"

日落之后我们来到了码头,不过在闪烁的信号灯和昏暗的暮色下,我们依然能够分辨出船体、桅杆、人和堆积的货物的模糊轮廓。

"那儿,"船长指着码头边上一个隐约的轮廓,忽然说,"那就是你的新家,菲比。我想你会喜欢上它的,是吧?"

和众多的包裹一样,我们摇摆着上了船。在高高的空中,桅顶灯发出微弱苍白的光。在我们下面,一个男人坐在皮带吊索吊着的座位里,正吹着口哨,来回挥舞着刷子。

普雷布尔船长招呼我们过去看那个男人。

"那是吉姆,"他跟妻子说,"他将听从你的调遣。"她茫然地看着丈夫,丈夫笑着解释道:"他正在为我们的轮船漆上新的名字——从今以后我们的船就是'戴安娜'号。我想,你和那个古老的异教女神会习惯彼此的,因为你将在船尾与她密切接触十一个月左右。"

就这样,我们起航了。

第四章 出 海

那天晚上,菲比和我是在"戴安娜"号后舱里一张超级柔软顺滑的马毛沙发上度过的。后来,菲比被安置在船长卧舱里专门为她定做的床铺上,但是我们的到来还是让他们有些措手不及,他们都忙于准备起航,没有时间做其他事情。

"我打算四点之前出发,"我听到普雷布尔船长对安迪称之为大副的男人说,"我们可以利用海潮帮助我们起航。"

我清楚地记得他的话,因为我想海潮肯帮助我们真是太好了。想到那时我对最简单的航海术语一无所知,我自己都感到惊讶!

那天整整一晚上,当菲比和我在马毛沙发上滑来滑去的时候,我一直听到各种奇怪的声音,而在以后的许多个月中我对这些声音越来越熟悉:咔嗒咔嗒声和吱吱声,链条的摩擦声,踩在木质甲板上的笨重的皮靴声,还有我分辨不出的各种喊声。所有这些声音都非常富有生气。

当第二天早晨菲比带着我登上陡峭的舱梯台阶时,我们发现"戴安娜"号正顺风航行。它的横帆正迎风鼓起,它的船艏乘着蓝绿色的细浪浮浮沉沉,这样的情景我之前从未见过。

第四章 出海

"哈,这不算什么,"当菲比险些失去平衡,甲板突然像要从她脚下滑走时,安迪告诉我们说,"等我们到了老哈特拉斯角附近,就能看到更厉害的了。"

"你对哈特拉斯角知道得很多嘛,年轻人,"旁边一个低沉的声音说,一个身着褪了色的蓝裤子和衬衫的魁梧男人在我们旁边停下了脚步,"你下去,到船上的厨房帮忙。现在就去。"

安迪照着吩咐跑去了。他消失在我们刚刚爬上来的楼梯处,不一会儿就闻到了混合着海风味道的咖啡香气。魁梧的水手把菲比抱到木匠的板凳上。后来我知道这船中部的站立区域旁边就是鲸油提炼槽,但当时它对于我只是甲板上桅杆间的砖砌深槽而已。几个水手在旁边做着奇怪的工作。他们和刚刚看到的男人一样,有着棕褐色的皮肤和高大的身材。

"哦,所以我们这次旅行有女士陪伴了,哈,比尔?"一个水手欢迎我们,他向菲比眨了下眼睛,而手指间正打着最复杂的绳结,"我想那意味着我们要注意自己的言行喽。"

菲比睡觉的新铺位是为她量身定做的,而我则睡在水手伊利亚(小名利格)为我做的吊床上。海上的阳光怡人,在海风的吹舞下,庞大的帆在海面投下黑色的影子。我望着眼前荡漾的碧波,感到的只有愉悦,对于那片隆起的陆地——波士顿——渐渐消失在视野中,没有丝毫的惋惜。

刚出海的几天,只有菲比有些晕船,其他人一点儿事也没有。安迪唱着歌,吹着口哨,还跳船员们教他的角笛舞。连普

雷布尔太太也对拥挤的船上厨房逐渐适应了,她烤了一炉糖蜜饼干,在捕鲸船上这可是少有的美食。

虽然还有一两个人在不断抱怨说,女人登上捕鲸船会有不祥的事情发生,但我们已被大多数人真正地接受。事实上,菲比和我很快就跟各种各样的船员交上了朋友,以致菲比的妈妈担心回家以后就不会再有这么多人与我们打交道了。当伊利亚和他的密友鲁宾·索梅斯说,他们毫不怀疑我在这次旅途中会给他们带来好运时,我也明显地感到自己很重要。这是他们在听菲比讲了我是用花楸木雕刻成的故事之后做出的判断。

"所以,现在,她应该像那边的老女人戴安娜一样善待我们。"鲁宾指着雕刻在船首斜桅正下方的破浪神说。

我必须承认,我有点儿害怕他会建议把我也钉在同样的位置,只要船只遇到大浪,就要浸润在咸咸的海水中。我不羡慕那个可怜的女人。我对自己所享有的优待无比感激,尤其是伊利亚为我做的小吊床。我还有其他的礼物,要知道所有的船员似乎都擅长用零碎的绳子、碎屑和木片做各种各样的东西。他们竞相增加我的装备。在起航后不久,除了一张可以睡觉的小吊床,我还拥有了一只水果篮、一张脚凳和一个可以放下我所有东西的水手柜。这个水手柜是比尔·巴克尔给我的礼物,他不遗余力地将这个水手柜从各个方面打造得完美无瑕。它被涂成了美丽的明蓝色,每一面都有结绳提手,连我名字的首字母也用闪亮的小钉头钉在了盖子上。我为那一天骄傲,而菲比则

第四章 出 海

高兴地跑遍了捕鲸船炫耀我的水手柜。当她正为展示水手柜而全力向桅杆瞭望台攀爬时,她的父亲拦住了她。

这一幕提醒了我,我第一次看到桅杆瞭望台时感到了极大的不安。当然,在老松树上痛苦的日子仍历历在目,而且那些痛苦我再也不想经历。然而,很快我就发现自己错了,后来桅杆瞭望台成了我观看船员们轮流爬上桅梯横绳,从高高的索具小黑栖木上查看鲸鱼的最佳观察点。但直到我们平安驶过合恩角,驶向南太平洋时,我们的捕鲸之旅才真正开始。

天气温和晴朗,海风清新平稳,我们出海的第一个月很顺利。包括安迪在内的船员轮流帮助普雷布尔太太在小厨房"照看水壶升降索",他们用海员特有的俚语这样称呼。普雷布尔太

太渐渐习惯了船上的生活，当一切逐渐步入正轨，她几乎每日都能想出许多不足的地方，除了宣称缺少几个可以晚上拜访的邻居，没有一个体面的洗碗池和一头可以产奶的奶牛外。当然，也有其他时候，譬如星期天她通常会为想起我们和南会议厅山相隔多远而感叹。那时她会将安迪和菲比叫到身边，确定他们没有忘记各种《圣经》诫命和教义。

比尔·巴克尔现在成了我们的常伴儿，我们与他的关系是那么密切，他甚至为了借他的折叠刀给安迪而走很远的路，他还给我们展示他的文身。几乎所有的船员都有文身，但只有他的最精致，因为他一只胳膊上刺有绿色的美人鱼和海蛇，另一只胳膊上则刺有蓝色的锚和鲸鱼，而一艘索具齐全的三色快船则航行在他的整个胸膛上。安迪非常羡慕这些文身，但是当他得知比尔·巴克尔为此花了多少钱时就失望了。不过，他同意一有机会就为安迪在胸膛上刺上他名字的首字母。菲比听到后感到受了冷落，要求他也为我刺上。这可把我吓坏了。谢天谢地，比尔解救了我，他不赞同女士文身。善良的比尔·巴克尔，他那粗壮的棕色手指，密密的黑色胡须，还有远眺大海时眯成一条细缝儿的淡蓝色眼睛，似乎就在我的眼前。

我们的另一位好友是来自南塔克特岛的杰里米·福尔杰。他告诉我们，他年轻时曾从桁端上摔落下来，所以背部留下了一块隆起的肿块。这虽然使他身形怪异，却丝毫不影响他在船上的工作。事实上，普雷布尔船长认为，自己真是幸运能有杰里米这样的船员,要知道他可是远近最好的鱼镖手之一。他有最敏锐的视力和最宽厚的臂膀。有一则传言,安迪和菲比坚信不疑,那就是他能在足足九英里之外看见一头喷水的鲸鱼。不像其他的船员,他没有胡须,在强烈的日光下,他淡黄色的头发仿佛漂白过似的。这让他看上去是最老的,直到今天我都不知道他是二十左右还是七十左右。

一天晚上,我听到普雷布尔船长告诉他的太太,他现在唯一担心的是"一切似乎太完美了"。然而,之后不久我们就来到了他们称之为合恩角的神秘地方,"戴安娜"号遇到了坏天气。一天傍晚,暴风雨突然来袭,我们几乎没有时间将帆用绳索加固,将舱口用扣板盖好。甲板上再也没有闲适的阳光和船员的故事,而是两天两夜的难以描述的狂风怒吼、暴雨如注、巨浪滔天。我在老松树的乌鸦巢上曾经历的晃动和呼啸,与现在比起来简直什么都不是。

"现在不要乱走,凯特,"普雷布尔船长在去甲板前,最后环视了一遍船舱,以确定所有的物品都是坚实的,然后对他的太太说,"船将有一段时间不太平稳,但我经历过比这更糟糕的,这会过去的。我将逆风停船,落帆漂航,直到暴风雨停止。"

"好的,再穿一双袜子吧,丹尼尔,在桅上的时候戴上围巾。"她就说了这么多,但我看出她很担心。

"他说的落帆漂航是什么意思?"菲比好奇地问。

"意思是他不会再让船航行一英寸。"安迪告诉她,"我想我要上去看看。"

"你不能去。"普雷布尔太太猛地喝止他,"只有男人们才能在甲板上站稳,你上去立刻就会被冲走。你跟我到厨房来,帮我把火烧旺,做一些热汤。他们今晚肯定需要热汤。"

虽然离睡觉的时间还早,但菲比和我被早早地安置在她的床铺上,并被旧绒布绑得结结实实。

"这样你就不会摔下来伤着骨头。"当她抗议时她的妈妈说道,"我们现在已经有太多麻烦事了。"

所以我们就躺在床上,虽然在四周的嘈杂声中我们根本不可能入睡。有一盏油灯就挂在主舱的外面,那是唯一的光源,昏暗朦胧,而现在,伴随着船身的剧烈晃动,它也疯狂地摇摆并投下恐怖的影子,菲比都被吓哭了。但在骚乱之中没有人听到她的哭声,他们都忙得没有时间停下来安慰她,以至于最后她把头钻进被子里紧紧地抱着我。

"哦,希蒂,"她低声说,"我想的出海不是这样的,你呢?"

那一夜似乎特别漫长,当清晨终于来临的时候,我们的处境并没有变得好一些,因为情况跟半夜里一样漆黑嘈杂。更令我们不安的是,每次舱口打开的时候都会有水倾泻下来,而且即使舱口没有打开,当巨浪袭击"戴安娜"号船首时,也会有海水不断地往舱里渗入。船舱的地板上已经积了几英寸深的水了,普雷布尔太太绝望了,但还维持着火苗。

第四章 出海

"你最好和菲比一样待在自己的床铺上。"船长有一次下来的时候对她说,"我想派一名船员下来帮助你,但事实上我不能分出任何人。船的前部裂了一条缝,需要四个人持续往外舀水。"

"啊,丹尼尔!"我听到普雷布尔太太大声地说,"很糟糕吗?"

"呃,我不能说那很好,"他站在船舱门口,一口喝下她递给他的一杯热茶,回答道,"麻烦的是,我们只能等风雨过后才能修补。但这一定要快,如果我们能抵挡住风浪的话。"

我不知道那天是怎么过去的。我所记得的就是"戴安娜"号接下来的向下颠簸会将我们送入海底。每一次它的升起都伴随着每一根帆桁的颤动和拉紧,我以为这一定是最后一次了,可是之后我们又开始下沉,下沉,直到看上去我们不可能再从这样的漩涡中钻出来为止。

风雨咆哮,即使船员们声嘶力竭,彼此间也很难听清楚,巨浪翻滚着向我们拍击过来,狂风呼啸着撕扯桅杆,直到它们被拦腰折断。的确,在暴风雨侵袭的第二个夜晚,我们都强烈地感到,这场意外会结束我们的生命。

此时,由于船体裂缝和船首不断遭受巨浪的冲击,水手舱的一部分已经没入水中。那些平时睡在那里的船员们只能抽空在船舱里打个小盹儿。现在船上的任何部分都不是干的,但水手们在与暴风雨的抗争中早就从头到脚湿透了,根本不会察觉脚下那几英寸的水。有一两次我们看到了杰里米、比尔·巴克尔，或者其他特别好的朋友，可他们太累了，嘴里还不停地咕哝着，只是匆匆地向我们点了点头或者微微一笑。我可以告诉你，没有时间娱乐。

几个男人聚在那儿正努力地拧他们湿透的夹克，突然又刮起了一阵特别猛烈的狂风，"戴安娜"号在狂风的肆虐下颤动了起来；之后传来了可怕的断裂声。直到现在，置身于安静的古董店里，一想起那时的声响，我依然惊恐万分。接着甲板上响起了匆匆的脚步声，还有更响的断裂声。普雷布尔船长大声地命令着，但他的声音就仿佛喧嚣中的蟋蟀叫声。

"小伙子们，把桅杆砍断！"他大喊着，"让它断开——快！"

我看到原本躺在船舱中休息的三个人一跃而起，踉跄着爬上舷梯。即使在摇摆的油灯光下，我也能看见，菲比的妈妈从位于我们下方的铺位上惊起时，脸色有多么苍白。她一只手紧紧抱住自己的孩子，另一只手则拉住了铺位把手以防自己滑下去。

"怎么了，妈妈？我们的船是要沉下去了吗？"菲比看到妈妈脸上的惊骇，哭着问。

"如果你爸爸能阻止的话，我们就不会沉下去。"她的妈妈回答道，但她的眼睛睁得大大的，而且根本没意识到自己已经站在及膝深的水中了。

"我相信我们不会——希蒂在船上就不会。"菲比提醒妈妈，

"她是用花楸木做的,你是知道的,花楸木是会给我们带来好运的。"

但普雷布尔太太非常焦虑,她根本没听见,或者不愿意反驳她。

似乎过了很长的时间,我们上面的甲板安静了下来。船员们回到船舱里,船长也下来了一会儿,安慰他的妻子。从他那儿我们得知,主桅杆已经断成两截了,而且需要几个船员爬上去把它砍掉,上桅帆和桁端都要砍掉,天知道除此之外还要砍掉什么。

"是的,"他边说边掸掉胡须和眉毛上的水,"主桅杆已经倾斜了,所幸我们没有跟着倾斜。"

"哦,丹尼尔,"他的妻子喊道,"能让我给你换件干衬衫吗?"

但是,在她走近箱子前,他已经离开了。

过了些时候,安迪来看望我们。他一直和船员们待在船舱里,所以有很多关于我们境况的新消息。他爬进我们的床铺,盘腿坐在床尾,然后就与菲比分享了他听到的所有消息。

"他们以为那个时候我们已经有去无回了,"他对我们说,"比尔·巴克尔说,要不是杰里米和伊利亚这么快就将主桅杆砍断,五分钟内我们就会加入鱼群了。船长知道这是唯一的办法,但老帕奇好像疯了一样,他一直试图保住主桅杆。"

帕奇是大副,一个黄红色头发的驼背男人,自从我们上船

以来,除了一句简短的"早晨好",他从未与我们说过别的。我不喜欢他,现在我更确信他对我们中的任何一人都心怀不善。

"他极其反对女眷随行,"安迪继续说,"他们说他使尽了一切方法,只是因为船长是他的长官所以没有成功。现在他到处说,与当初让我们上船时说的一样,我们果真倒霉了。比尔·巴克尔不理会他的话,但比尔说有些船员已经开始留意了,虽然他没有提到他们的名字。"

第五章　我们捕到一头鲸鱼

噢，大海终于平静了下来，那天的海是我迄今为止见过的最蓝的海。我们现在已经身处南太平洋了，正向着船员们一致认为的最佳的捕鲸海域驶去，虽然我分辨不出这几英里海面是什么范围。"戴安娜"号看上去又恢复了原来的样子。它的裂缝已经修补上了，一张新的桅帆和一根新的桅杆也已经安装完毕。船上的大艇已经彻底维修过了，还重新刷了油漆，铁鱼叉都涂了润滑油，捕鲸叉也磨得更锋利了，涂了焦油的绳子也已经准备就绪，只待瞭望者看到鲸鱼浮出水面呼吸时发出第一声叫喊。

大概就是这个时候，菲比·普雷布尔，还有这艘船，都在进行"维修"。随着天气越来越热，她已经脱下了自己的毛衣。但这还不够。一件接着一件，她先扔掉了羊毛连衣裙，然后是她的法兰绒衬裙，最后是所有的花边。这些都是当着差不多所有船员的面隆重地扔掉的，当时她坐在一只桶上，以确保这一切都合乎规矩，而他们就聚集在桶周围。伊利亚在船上包揽了所有处理废旧物品的工作，他用剪刀的技艺就像用其他工具一样高超，当他终于搞定菲比丢掉的衣服时，普雷布尔太太几乎哭了。

"这就是带她出海的结果,"她伤心地说,"在她身上已经看不到刚上船时的样子了。"

她的父亲不能完全否认这些,更何况她的脸已经晒得黝黑,还晒出了斑点。但是他只是不停地摇头嘲笑妻子。

"最好还是把它们扔了吧,要不也会弄上很多鲸油,"船长告诉他的妻子,"她现在需要的就是一条裤子。我想可以让吉姆裁剪一条安迪的旧裤子。我们接下来几个月都不会进港,所以谁会介意她穿的是什么呢?"

所以就是裤子了,尽管她的妈妈依然反对。

我必须承认,当我看到她穿上裤子时是有一些担忧的,唯恐她会改变对娃娃的感情。但她对我的喜爱还是一如既往。我跟着她到处转,也正因为如此,我才对那些捕鲸术语那么熟悉,才有可以夸口的冒险经历。现在我坐在古玩店里,抬眼看到书桌上方悬挂的捕鲸题材的古董画,奇怪自己脑海中记住的恰恰是画中的情景。首先,在高处的瞭望者发出令人兴奋的呼叫:"它在那儿喷水呢!"或者更经常的,只是"喷水——!"然后,"戴安娜"号陷入忙乱之中。我们的航向必须改变,以便将我们带到离那苍白的水柱尽可能近的地方,那水柱像喷泉一样,就是由鲸鱼喷出的。同时,大艇也将做好准备,当普雷布尔船长"放下船去捕捉它"的命令一下,它们就立刻向着那头鲸鱼划去。有时是放下五只大艇去追逐鲸鱼,更经常的是三只。男人们兴奋地划着桨,加速驶向那个巨大的灰色身影,然而它突然

第五章 我们捕到一头鲸鱼

就消失了,就像它突然出现一样,再次浮到水面上时已经是在完全不同的地点。

杰里米·福尔杰是第一个"叉"鲸鱼的人,但是没人嫉妒他的荣耀,因为他要将不止一支铁鱼叉叉进那巨大的生物里,而且当鲸鱼被激怒几乎要弄翻大艇时,他还要冒被卷进海中的危险。这是一头体形超大的抹香鲸,是所有船长和船员都梦寐以求的。所有的男人都能分享到鲸油,因此他们决定不让这个奖品溜走。我与菲比和安迪一起看三只大艇被放下,看它们加速驶向鲸鱼,身后留下一条白色的"尾巴"。每只大艇上面都有五名桨手,他们手中的桨迅速划动,在海面强烈的阳光下拼命远离我们。

"小伙子们,祝你们好运!"普雷布尔船长望着他们离去时喊道。

我这个小小的木偶娃娃,怎么能讲述这样的事情——那几只大艇远远地看上去还不及豌豆荚大,却奋力划过海面驶向那个巨大的灰色身影,那身影若隐若现,不时向空中喷出白色的水柱,非常神秘。我都不敢相信这是我亲眼所见,但我知道那是千真万确的。事实上,我们真的很幸运,鲸鱼在与船员们搏斗时绕了很大的一个圈,所以我们一直离它很近,足以看到大部分的追捕场景。安迪紧靠着低矮的横杆,用双手遮住眼睛,竭力辨清大艇上的身影。

"它在那儿!"安迪尖声喊道。菲比兴奋地追随着他指着鲸

鱼的食指,差点儿把我弄掉到船上。"又是白色的水柱。看它在喷水!杰里米的大艇在前面。我能分辨出他红白相间的汗衫。"

"在哪儿?"菲比在他旁边跳上跳下,把我抱得紧紧的。

"在那儿,船头那儿。快看,他马上就要掷鱼叉了!"

船桨突然停在了半空中,大艇似乎消失在闪闪发光的黑暗身躯之下。

就在那一秒钟,我突然回忆起了在教堂座位下面看到的插图版《圣经》里面令人毛骨悚然的图画。奇怪,之前我一直没有将那个庞大的海洋生物与我们要捕捉的鲸鱼联系起来。现在我明白了,它们是同一种生物,而且我仿佛看到了可怜的杰里米,而不是图画中的那个男人,正在被那个可怕的深渊所吞没。

但是紧接着我听到安迪欢欣地尖叫,杰里米叉到鲸鱼了。

"现在他们要去南塔克特岛滑雪橇了。"他告诉菲比,"鱼叉叉到鲸鱼时,他们就只需放出绳子跟在鲸鱼后面,这时他们就说去南塔克特岛滑雪橇了。"

"可我现在没看见鲸鱼啊!"菲比抗议道。

"它很快就会浮上来了,"安迪安慰她说,"它游不远的,他们已经钩住它了。"

那当然是事实。不一会儿那个灰色的巨大身影再次浮出水面,这一次它挣扎着,腾跃着,努力想挣脱束缚。它的身躯壮硕光洁,在阳光下十分耀眼。它将更多的水喷向空中,用尾巴在大海中搅起巨大的白色漩涡。它拖着大艇游了多久,或者为

第五章 我们捕到一头鲸鱼

了浮出水面时更猛烈地翻滚，它多少次钻进了水中，我不知道。不过最后，海面上出现了掺杂着白色泡沫的红色血流。一阵呼喊从"戴安娜"号的观望者口中迸发出来。

"鲸鱼害怕了。它的鳍很快就会掉了。"

果然，不久它的尾巴拍打得越来越慢，然后就完全停止了。鲸鱼巨大的身躯在水上又浮出了一点儿，之后就慢慢地翻转过来，直到线条分明的黑鳍平平地浮在海面上。甲板上的人们又发出了一阵尖叫，大艇上的男人们声音更高。

"哦，我们捕到它了！"普雷布尔船长转向他的妻子，满意地说，"我想，或许你可以准备些特别的食物庆祝一下？"

第二天，宰杀开始了，我将更近距离地了解鲸鱼。即使过了这么多年，我依然记得鲸鱼被伸展开来平放在船侧的样子。在捕到鲸鱼后的第二天早晨，菲比就带我上了甲板，在那儿男人们把平台放低了一点儿，他们站在上面，脚下放着长吊钩、刀子和其他工具，这些东西是如此锋利，以至于我无法高兴起来。他们用绳子和各种吊索将鲸鱼吊了起来，同时开始割肉，他们将鲸脂整齐地削成细长的条，那架势就像它是一只苹果一样。但是很快我们就发现，一旦把它放在船上的炼油槽里后，它就不再像是苹果了。我开始猜想，还有多少鲸油能剩下来储存到桶里，因为有太多溢出来流在了甲板上。整艘船都散发着鲸油的味道，不过没有人注意到，除了普雷布尔太太，她说她此前从没有闻到过这种气味，也没看见过这么多油脂。男人们

只是大笑,他们说这是"多脂的运气"。他们各自干着不同的事情——一些忙着吊起鲸鱼割肉,一些忙着把大块的鲸鱼肉切碎放进鲸油提炼锅里,还有一些则把细碎的鲸鱼肉挑出添进火里,以便炼鲸油的火能日夜不息。

船上升起了浓密的黑烟,就像古怪的大伞笼罩在我们的头上,可是到了晚上,火光又变成暗红色,这使甲板更热更油腻。男人们连续工作着,一天只休息几个小时。

"争取尽快弄完,然后我们就去追捕另一头鲸鱼!"几天之后普雷布尔船长吃晚饭时说。由于一直在切割鲸鱼肉,他的手几乎已经握不住刀叉了。

连安迪也被要求参加切肉和搬运工作。他非常骄傲地干着,像其他男人一样打着赤膊,将裤管挽到膝盖处。有时他的脸被油烟熏得漆黑,使得他那双蓝眼睛看上去非常奇怪,那翘着的红头发就更奇怪了。菲比和我不被允许靠近炼油槽,她父亲对此非常坚定。

"别去碍事,还有可能被烫着!"他对菲比说。

所以我们站在几码外的旧桶盖上,不过还是能看清大部分工作过程的。我们不能更近了,这让我放了心,我可不想看到自己掉在沸腾的鲸油提炼锅里,要知道我很容易同一块鲸鱼肉一起滑进去的。

一头鲸鱼刚被变成鲸油,他们就去追赶另一头了。事实上,有一次他们看到了一群鲸鱼,就将几头捕了回来。看到这些体形庞大的鲸鱼漂浮在附近,身上的鱼叉上还悬挂着小小的旗帜,以展示它们是我们的财产,总是感觉怪怪的。这个时候,另两艘捕鲸船也到达了这片海域。虽然彼此之间相距数英里,不过他们还是产生了相当大的竞争。男人们曾讨论过"友好拜访"的问题。现在的人都没有听过这个词,但是那时对航海人来说是再普通不过了。它的意思是在海上航行时一艘船对另一艘船进行社交性拜访。所有的男人都渴望去拜访,但是普雷布尔船长决定要先完成切割鲸鱼肉的工作。某些人对这个决定还是有些微词的,帕奇就黑着一张脸,他的表现好像他才是第一把手,而非副手。不当班的时候,他经常与一些男人交谈,从他的神情中我感觉到不会有什么好事情发生。

所以,很不幸,在我们捕捉到的最后一头鲸鱼尚在炼油槽中,只有三分之一的肉被切割下来的时候,我们本打算发信号致意的船只未向我们打招呼就驶走了。船长和他的大副之间爆发了争吵,不久全船水手便由于谁对谁错而一分为二。帕奇坚持船员们有权利请假去拜访遇见的其他船只,而那些站在船长一边的人则认为,如果暂停工作不仅会浪费时间,而且可能会损失可观的鲸油,从而最终影响到大家的分成。船长安静地履行着自己的职责,仿佛什么事情都没有发生一样,但是深夜回到自己的舱室里时,我听到他跟妻子谈论起这件事。

"这是我最后一次任命帕奇为我的大副,"他对妻子说,"他找到我时,做了非常好的自我推荐,我当时还以为有他同行自

己很幸运,尤其是他在船上可以比别人承担更多的工作,但是近来他真让人讨厌。"

"唉,我并不感到意外,丹尼尔。"普雷布尔太太评论道,"从一开始,我就认为,他的眼睛是我见过的最卑鄙、最诡诈的。不过挑选船员不是我的职责。"

"他的确很有能力,"船长继续说,"我不能昧着良心地说他不懂用绳子或不会直线航行。可是我所知道的是,当我们叉到最后一头鲸鱼,桶里装满了鲸油,准备航行回家的时候,我会非常高兴。"

"与我感觉到的相比,高兴简直微不足道。"他的妻子叹着气回应道。

但是,没有人能从船长在甲板上的举止中猜到他在自己的舱室里表达的态度。

普雷布尔太太在厨房里竭尽所能。她刮净了蜜糖桶,保证了曲奇和姜饼的供应,而且还站在那儿,愿意帮男人们把拿来的所有鲜鱼肉煎一下。但是后来,一头最好的抹香鲸被放走了。所有的大艇都被放下去追赶它,其中两只几乎在同一时间追到了它。可是当时很混乱,每只艇上的负责人的命令根本没有人执行。至少这是我们后来在"戴安娜"号上听到的情况。但在任何情况下,人们都在争论是谁的鱼叉先叉到鲸鱼的,是杰里米,还是另一个人。因为先叉到鲸鱼的水手能够额外获得一份鲸油,所以男人们开始支持自己的人。他们玩忽职守,只顾讨论和争辩,等到普雷布尔船长听到后宣布两个人都不会获得额外一份鲸油时,水手们的不满情绪滋长了。

迄今为止,虽然很不开心,但是谁也没有想到危险即将威胁我们的生命,尤其是我,我一直感觉在这个木头和帆布的世界里与在普雷布尔家的农舍一样安全。

我想那一定是在午夜时分;至少当甲板上传来尖声惊叫和赤脚的奔跑声时,天色依然漆黑。几乎紧接着,我们就听到了召唤:"所有的人到甲板上集合。"那意味着正在发生不同寻常的事情,虽然我无法想象在这个静谧的夜晚热带海洋上能发生什么事情。菲比也起来了要往甲板上去,但她的妈妈不允许,说那样只会妨碍船员们。如果可以,她爸爸会下来看她们。所以我们三个就在闷热的、充满压迫感的黑暗中屏息等待。

然后,普雷布尔船长就站在了门口,他的眼睛红红的,还噙着泪水。

"丹尼尔,怎么了?"他的妻子喊道。

"船着火了,"他尽量平静地跟她说,"一定是先从鲸脂间开始着起来的,上帝知道怎么回事。我担心火势会蔓延,不过我们会尽全力扑救的。"

"现在火势怎么样?"

"集中在船中部和前部,一时半会儿还不会烧到这里。我们将帆布打湿盖到了火焰上;火暂时被盖住了,但我担心还会进一步蔓延。"

"而且船上还装满了鲸油……"普雷布尔太太突然紧紧抓住他,"哦,丹尼尔,我们还有多少机会?"

"唉,不到万不得已我们不会停止灭火,"他回答道,"不到最后一刻,我不会离开我的船,但是如果最坏最坏的情况发生,我们将不得不登上小船离开,我们会做出判断。最好还是待在这里,所以凯特,不要乱走,也不要害怕。"

"谁说我会害怕?"她重新镇定下来,"你需要我们的时候,菲比和我会准备好的。"

"还是先收拾一下为好,"他劝她,"你和菲比需要的,万——"他突然停了下来,转向门口。即使在昏暗的灯光下,我依然能够看到他那张黝黑的被烟熏的脸是多么憔悴和苍白。但是他挺了挺胸,继续走了上去。现在我们能听到他正大声发出命令,以及船员们在他的指令下急匆匆行动的脚步声。

菲比和她的妈妈开始穿衣服,很快她们就忙着收拾物品。普雷布尔太太不断地在两只箱子和床铺间来回走动,她在床铺上将物品捆绑成包裹。菲比,学着她妈妈的样子,收拾我所有的物品,蓝色的箱子、雕刻的脚凳、我的小吊床,她把它们统统放进篮子里。然后她给我也穿上衣服,把我放进篮子里,放到那些物品的旁边。她一直在不停地问她妈妈:船很快会烧尽吗?小船上所有人都有位置吗?如果离开了大船他们将去哪儿?是有船员故意在鲸脂间放的火吗?对于所有的问题,普雷布尔太太都不得不回答说,她与菲比知道得一样多。

第五章 我们捕到一头鲸鱼

不久安迪下来到了我们的舱室。但他没有什么新情况向我们报告。尽管他们尽了所有的努力,火舌还是在逼近他们。他们盖在火上的浸湿的帆布在新的地方燃起火之前,弄出了令人窒息的浓烟。

"他们都说我们没有机会扑灭大火了,"他宣称,"现在的问题是我们还能在船上待多久和怎样把船驶向一个便于被救起的最好的地方。老帕奇觉得对此他知道得比船长多,一些船员支持他。"

普雷布尔太太静静地听着他说,然后她开始收拾自己的东西。

"你拿着这个包裹,"她对他说,"跟我来。喂,菲比,也带着你的东西;如果有什么麻烦,我不想被困在这下面。"

我们发现,大部分船员聚集在普雷布尔船长和帕奇的周围,他们手里拿着航海图和地图,正站在甲板室外面争论呢。我们站在升降口扶梯顶部听着。菲比用胳膊挎着篮子,我就躺在那篮子里面,所以能清楚地看到大海、天空和站在我们前面的好友。微弱的粉色正爬上天空,不过热带的星星依然苍白而清晰。那些离海平面最近的星星在水面上映照出了数条明亮的小路,这些小路是那么平静,"戴安娜"号几乎没有移动。没有风,我们上面的帆也几乎静止不动。实际上,我们看不到火焰,因为帆布还覆盖在火上,不过滚滚的灰烟不断从甲板间冒出,笼罩了整个炼油槽区域。那烟十分浓重,熏得人们的眼睛流泪,令

人感到窒息。这让我再一次感受到自己是木制品的优势：不用受这份罪。

两个男人交锋的情景我回想不起来了。他们的很多话对我是没有任何意义的，因为我能从他们的表情和语调中判断出他们之间正发生激烈的冲突。很明显，我们迟早要弃船；但现在关键的问题是如何控制它的航向，以便我们最有可能被下一艘路过的船发现。大副选定了一个方向，而普雷布尔船长同样坚定地选择了相反的方向。几乎所有船员看上去都站在帕奇一方，他们坚持说，既然局势已经如此令人绝望，他们有权利将命运掌握在自己手中并尽可能地自我营救。普雷布尔船长不是一个轻易屈服的人。此外，他强烈地感觉到，尽可能地留在船上并驶向他在地图上发现的岛屿，获救的机会更大。但是帕奇宣称他发现的岛屿更好。他变得更加激动，发誓说船长的计划无异于谋杀，他不会支持，更不会加入。一时间怨声四起，很快人们的情绪就无法控制了。一些男人拒绝爬上帆索，拒绝执行船长的命令。时间一分一秒地过去，它们本该用于更有益的行动，而浓烟依旧不断地冒出，每次我看时，都比先前更黑、更浓。安迪抱怨甲板灼伤了他的脚，普雷布尔太太紧紧地握住菲比的手，尽管她的视线从没有离开过她丈夫的脸。

突然，我看到他折起了一直拿着的航海图。轻轻地，他将它放进胸前的口袋，然后再次转向帕奇。

"那么，掌控你自己的航向吧！"他的声音非常奇怪，我几乎没听出来是他在说话,"放下大艇走吧,所有中了你的瘟疫的人。我和我的人宁愿去船底,也不愿和你们这群没经验的水手争论。登上大艇走吧,我告诉你们,很快你们就知道我是对的了!"

"哦,丹尼尔,"我听到他妻子悄声说,"你干什么呀?"

但是她没有喊叫,只是静静地站在那儿看着帕奇和拥护他的人匆匆放下大艇离去。

"站到我旁边来,凯特。"我听到船长下达了命令,仿佛他的家人也是船员,"你们,安迪和菲比,也过来,不管发生什么事,你们都不许动。"

我们一小群人站在甲板室旁边,看着男人们在我们旁边跑来跑去——只有杰里米、鲁宾,还有比尔·巴克尔留下来,站在了普雷布尔船长一边。

"我们和你在一起,船长!"他们说,"只要船还在,我们就一直支持你。"

太阳像个火球一样从海平面上升起,等到五只大艇都放到海里时,太阳已经高悬在天空中了。但是,这时大艇上没有欢呼声,也没有回应的叫喊声。我们默默地注视着它们驶离,我看到普雷布尔太太的双唇在颤动,就像菲比要哭的时候一样。他们在每艘大艇上都升起了小帆,当它们在水面上渐渐远离时,就像蓝色背景下的一个个白色的纸三角。

我永远都不会忘记那一幕,那些男人离开时表情严峻,几

乎没有回头看一眼。他们中的很多人也曾经是我们善良的朋友。我好奇他们后来怎么样了——他们的遭遇是比我们略好，还是像船长相信的，他们驶向了某种灾难。

任何一支笔，至少任何一支握在木偶娃娃手里的笔，都不可能描述出我们下面几个小时的遭遇，或者讲述出等待我们的是什么。为了躲避已经迅速扩散到船上各个角落的热气和烟雾，我们藏身到船尾的临时帆布帐篷，同时，那三个人和船长竭力将船驶向我们视线所及的群岛，就是船长知道的在西南方某处的群岛。让一艘燃烧着的船漂浮在海面上，还要驶向正确的方向，真不是一件容易的事儿。普雷布尔船长和那三个人尽一切可能地坚持着，但是最后他们不得不放弃了。

"哎，凯特，你和菲比准备好，"船长最后说，他的脸被烟雾和汗水弄花了，"我们还是要上尾船，比尔下去看看他们给我们留下了什么食物和水。"

一条绳梯被放了下去。当杰里米爬下船时，绳梯令人目眩地摇荡着。

"天哪！"菲比的妈妈惊惶地喊道，"我不可能从那儿爬下去。"

相较于火，菲比的妈妈看上去更怕这条绳梯。她充满希望地看着还没有被放下的小船。可是杰里米告诉她，坐到更大的一条船上会更舒服。

"太太，你抓牢我，"杰里米对她说，"我帮你翻过船舷。把裙子提一下，别拘礼了。"她双手交替地翻过船舷，杰里米帮她爬下绳梯，登上小船。

安迪和比尔·巴克尔带着几小桶食物和水，也登上了小船。普雷布尔船长带着他的小罗盘、提灯、一些工具和航海日志。他看上去比以往任何时候都严肃，一缕烟就像一条深色的疤痕一样爬过他的脸颊，他的眼睛是肿的，布满血丝。

"比尔，"他发出了最后的指令，"你和杰里米带着安迪和其他船员坐另一条船。鲁宾和我将照顾女眷。"即使在如此危险的时候，我还是为船长把我和菲比与普雷布尔太太同归为女眷而感到高兴。"尽可能地紧跟着我们的船，"他警告道，"如果我估算得没错，我们在天黑前就能看到群岛中的一个。"

在船长发布指令的时候，菲比把我放到一只篮子里，然后把篮子放在一只装咸肉的大木桶上，之后她就去寻找一块掉了的鲸鱼骨雕刻。她的父亲显然担心她有危险，追上了她，把她抱到怀里，然后迅速交给杰里米放到小船上。突然和菲比分开，我感到很失望，不过还是安慰自己说，我现在在装食品的小木桶里，一定会被装到另一条船上的。就这样我一直等待着，我必须承认当时我有些不安。一次我以为听到了菲比的呼唤，但其他人要么忙着放第二条小船，要么噪音太大没有听到。我知道她一定在寻找我，但这并没有使我感觉宽心些。

我听到船长又下达了几条命令，之后比尔·巴克尔开始向第二艘小船里装载物品。我希望下一分钟就能轮到我——但这

一直没有发生。因为正当他要返回来取装我的木桶和另一个更大的木桶时,有人在下面大喊着告诉他没有时间了。比人还高的火焰突然从炼油槽两侧喷射出来,将最近的桅杆团团包围。之后他们不再等了。我望着他们逐渐消失在船舷之外,我知道,随他们而去的还有我获救的最后希望。

几乎无法相信,我竟被遗弃了,我看到两条小船一同划远,我甚至能辨认出每一个人——安迪的蓝色汗衫,杰里米红白相间的格子衫,还有普雷布尔太太,她还戴着那顶最好的灰海狸皮软帽,因为她不能失去它。一次我确定看到菲比将手指指向了大船。我知道她在挂念我,就在那一瞬间我再次燃起希望。但是小船依然坚定地继续前行。很快,"戴安娜"号的烟雾变得越来越浓,并迷蒙了我的双眼。那时我问自己:这次真的要结束了吗?什么力量能在轰鸣的火炉中拯救用花楸木做的我?

"戴安娜"号即将变成一个大火炉。温度每时每刻都在升高,火焰正爬上索具,比任何水手都敏捷。我很害怕,只记得那些在凶猛的橘黄色的火焰包围中的桅杆,就像前往波特兰的路上的那些鲜艳的秋天的树。大火的咆哮声与爆裂声此时几乎比热更加令我难以忍受。我听到横梁断落的声音和我内心最深处的颤抖的回声。我记起,我也是木制的,虽然我被赋予了形状,但我怎能奢望在面对共同的敌人时我会比它们更幸运呢?

我竭力回忆经历过的所有快乐的事情——普雷布尔家前院的老柏树上闪亮的雪光,盛开的丁香花和苹果树,会议厅山上的尖塔。我想起食品柜上蓝白相间的瓷器和秋夜中生机盎然的蟋蟀鸣叫。我现在是多么嫉妒它们,因为冻死一定比被烧焦更舒服些。我要是能转过身来卧倒肯定会舒服些,因为那样就不必看着大火来势汹汹地吞噬掉一切,可菲比把我紧紧地塞进了篮子里,我动也不能动。

"现在只有奇迹能救我了。"我自言自语。

正当我脸上的漆将要发出咝咝声时,"戴安娜"号发生了猛烈的倾斜。我猜想,一定是下面的支撑结构烧断了。不管怎样,它疯狂地倾向一边。伴随着船的倾斜,装着我的木桶翻滚了起来。我跌跌撞撞地翻出了篮子,冲出了栏杆,掉进了水里,像一块鹅卵石优雅地飞离了弹弓。

"哦,"我记得自己在掉进水里后一直在想,"至少我不会被烧成灰烬了。对木头而言,水比火和善多了,而且我听说盐是伟大的防腐剂。"

第六章　我在死亡的边缘与普雷布尔家再聚首

水手们说到死亡时，会说他们将要"加入鱼群"。当我身陷绝境时，我才理解这个俗语的含义。起初，也不是很糟糕，因为我跟"戴安娜"号的残骸纠缠在一起。事实上，相当长一段时间里我非常舒服地躺在一卷绳索上漂浮着，直到一个巨浪把我从绳索上抛起并翻转过来。这令我非常不高兴，但当我想起我是怎样从熊熊烈焰中侥幸逃生时，我就没有心情挑剔了。

此刻，当我悠然地坐在古董店里，想起那些个日日夜夜被阵阵海浪抛来抛去，连我自己都难以相信的经历，难以想象我对那片咸咸的海水、热带的太阳和星星的熟悉，难以想象那些凶狠的、颜色亮丽的鱼群游上来咬我时的感觉。不过，当它们发现我是木头做的，不合它们的口味时，很快就弃我而去了。但我经常处于对鲨鱼和鲸鱼的恐惧之中，因为它们可能会出现并将我连同海水一口吞下。我还清楚地记得《圣经》中的画面，我想，如果鲸鱼可以吞下一个人，那吞下我要容易得多。但是，上帝又一次奇迹般地眷顾到了我。

第六章 我在死亡的边缘与普雷布尔家再聚首

经过这些天的漂泊,我已经被海水浸透,已经记不得接下来在我身上发生了什么,以及我是如何经过曲折的海上之路来到岛上的。不过,最后我还是和其他残骸一起来到了岛上。反正我什么也不记得,直到我发现自己身处岩石潭的静水里。这是珊瑚丛中的一个深洞,四周附着各种各样明亮的海藻,它们的枝条在水面上无精打采地漂着,就像清澈的水中绿色和红色的头发。各种小的壳类生物来回奔忙着,一只巨大的尖尖的海星缠绕在我的脚踝上。但是我已经筋疲力尽了,没有力气去跟它抗争,我只希望静静地躺着。热带的太阳炽烈地照下来,我身体露出水面的部分很快就干了,上面结了一层盐。

然后,我听到了一种熟悉的声音。好一阵,我以为自己将那声音与怪鸟的叫声、海浪拍击礁石的声音弄混了。但那声音又传来了,这一回我认出了那熟悉的声音是安迪和杰里米·福尔杰的。我非常兴奋,但一阵新的恐惧还是袭上心头——假如他们不到岩石潭呢?假如我静静地躺在水中听着他们再次离我而去呢?"哦,"我想,"哪怕能向他们呼喊一次。大声喊:'这儿,我在这儿呢。带我回到菲比身边吧。'"

好吧,就像你们猜到的,他们发现了我,否则今天我怎么能书写回忆录呢?

安迪得意扬扬地把我带了回去,他们再次看到我都非常高兴,也就没有人责备安迪没捉到螃蟹了。

"我断言,这一定是一个奇迹!"当菲比将我揽入怀中时,

第六章 我在死亡的边缘与普雷布尔家再聚首

普雷布尔太太欢呼道,"安迪,你究竟在哪里找到她的?"

"就在一个深潭下游,"安迪骄傲地解释道,"还有一些木头和杂物也被冲上来了,杰里米一会儿就会带着他能找到的有用的东西回来。"

"哦,这的确太了不起了,"普雷布尔船长一边把我在他的拇指和食指之间来回翻转,一边说,"我们花了大半天的时间来到这里,身边只剩下航海图、船舵和四对桨,而她未费吹灰之力就自己来到了这里。"

"天哪,"我心里说,"他什么都不知道!"

"我想,如果她不是用花楸木做的,就永远也不能回到我身边了。"菲比提醒大家。

这一次她的妈妈没有责备她。

"我难以相信,再次看到这个木偶娃娃会如此高兴,"她说,"这在一定程度上激励了我。让我感觉到,也许这座岛屿与外界并不遥远。"

"太太,别泄气,"比尔·巴克尔也加入了谈话,他一直忙着砍掉脚下密密麻麻的潮湿的灌木丛,"我以前总是说,这个娃娃能为我们带来好运,现在我还是这样说。我才不在乎这话会被谁听到呢。"

事实上,除了树枝上奔跑、鸣叫的几只色彩明丽的鸟儿和一些拖着长尾巴的棕色小动物,就只有我们几个人能够听到。我后来得知,这些棕色的小动物叫作"猴子",而且在岛上的剩

余日子里,我还会看到更多的猴子。

"我担心,她再也不能像上船前的样子了,"鲁宾冷静地说,好像他已经仔细地看过我一般,"她的衣服和肤色已经被海水浸坏了!"

"我们不也是一样。"普雷布尔太太看了一眼挂在旁边树枝上的湿透了的帽子,叹息着说。

菲比立即着手给我补衣服。在炙热的阳光下,它们很快就干了,很快我的身上也干了,虽然衣服皱皱的,还掉了颜色。但是,当我看到了其他人的样子,就感觉自己没有那么糟糕了。

这座岛就是普雷布尔船长预言的群岛中最外面的一座。虽然它仅比珊瑚礁大一点点,上面还是生长了很多植物——棕榈树和其他我不认识的树木;垂蔓,巨大的蕨类植物和船长称为"芙蓉"的花。他们首先发现的是树干间用草和树叶搭建起来的废旧的茅草屋。很明显,这些是很久之前做的了,因为树叶已经枯黄,很多已经腐烂了。不过,比尔·巴克尔和其他人还是做了些修补,使它们足以应对热带的阵雨,这种雨总是在阳光明媚之时突然降临,在你找到避雨之处前又戛然而止。我们很幸运,这种阵雨很多,因为没有它们我们都不知道怎样才能弄到水。男人们已经寻遍了整座岛屿,但似乎没有淡水。好在他们能用小桶收集足够的雨水以解口渴,他们非常仔细,不浪费一滴珍贵的雨水,坚持用海水洗漱。至于食物,我认为他们做得也很好,因为到处都是各种水果,还有猴子们很喜欢的椰子。

第六章 我在死亡的边缘与普雷布尔家再聚首

普雷布尔太太对椰子评价不高。在吃了一路的饼干和咸肉之后，菲比和安迪都喜欢上了椰子。这几乎是我人生中第一次感到遗憾，因为我不能品尝一口孩子们喝得津津有味的白色椰汁。

普雷布尔船长相信在其他较大的岛屿上生活着土著，其中的一座就在遥远的蓝色海岸线处若隐若现。他认为，那些土著有时会为了捕鱼或者其他原因来到这座小岛上，这些茅草屋就是他们上次来时留下的。他看上去对他们的造访很担心，因为无论他还是其他男人，都相信他们是不友好的。这些岛屿几乎从没有船只停靠过，关于土著的传闻也非常令人不愉快。每天，船长都会用望远镜观察视野内是否有船只或其他活动的迹象，而且我们的小舟也时刻准备着在发现大船时起航。

我永远也不会忘记住在小茅草屋里的第一个夜晚，四周温暖、漆黑，耳边不断传来奇怪的声音。还有我此前在其他地方从未闻到过的香味。透过茅草屋的缝隙可以看到星星，当普雷布尔船长将一颗颗星星指给他的太太看时，似乎我也从中获得了安全感。然而她却未能得到安慰，因为她说只要不是在熟悉的地方看星星，她只会觉得离家很远。

考虑到现在的情形，她并没有像我预期的那样忧郁。事实上，她离开家时，根本没有想过比波士顿更远的旅程，装果冻的玻璃容器还放在厨房的桌子上，想到这点我就无法责备她的后悔和忧郁了。但是她爱她的丈夫，她要振作起来，鼓励丈夫摆脱困境。

木偶百年历险记

"不用担心,丹尼尔,"有一天当他带着小望远镜从岸边回来时,我听到她对丈夫说,"我们来到这里并不是你的错。只是如果我们还能回到缅因州,我将无限感激,我会写一首与《大卫王》同样的诗篇。"

"哦,我知道他们说,人生在世,无论顺境逆境都要承受。"船长回应说,"但是我不明白,为什么当你和菲比都在船上时,我却不得不舍弃我的船和我迄今为止最丰厚的捕获。不,我必须说,我已经多次未能得到上帝的眷顾了。"

我很少听到船长发牢骚,在其他人面前他总是坚定而温和。日子一天天地过去,境况没有什么改善,船长每天认真地记录着航海日志,虽然他说过这是大副的职责,不是他的。他们本没有笔墨书写,就用削尖的树枝蘸着深蓝色的浆果汁来记录这些日子。我还记得他称这种浆果汁为他的"越橘墨汁"。

日子就这样过着,我也不确定过了多久。一天,船长报告说他看到远处的岛上有烟雾升起。其他人通过他的望远镜观察过后也都认同了他的报告。那儿有烟雾是肯定的了。又过了几天,一天早上,船长和杰里米·福尔杰从岸边快步跑来说,有什么东西正向我们这边驶来,可能是一些土著用的低矮的草船。不管怎样,海面上还有生命,并且正从远处的小岛向我们驶来。所以船长把我们唤到一起,讨论一旦他们靠岸我们将如何应对。菲比正在茅草屋的门边玩耍。她用比尔·巴克尔拾到并涂了颜色的美丽贝壳为我造了栋房子。我们俩都听到了那边的谈话,

第六章 我在死亡的边缘与普雷布尔家再聚首

所以我记得很清楚。

男人们穿着晒成褐色的外套,浓密的胡须下是掩饰不住的严肃表情。我知道要发生什么事情了。那一刻就像暴风雨即将来临。

"比尔,他们友善的概率有多少?"船长问,"你与土著打交道的经验比我们都多。"

比尔看上去很严肃,一边望向大海,一边沉思着。

"嗯,"他终于开口了,"当这些土著来到你的船边,想用椰子跟你交换刀具、玻璃和棉布的时候,他们是一个样子,但当他们的数量超过你,而你又没有什么小玩意儿迎合他们的时候,他们就是另一个样子了,所以现在我无法排除他们是食人族的可能!"

船长皱着眉,不安地看着他的太太,她听到刚才的话后脸色立即变得苍白。

"夫人,我并不是说我们中有人会被吃掉,"比尔赶紧安慰她,"只是说我们应该准备应对任何可能发生的事情。"

所有的人都赞同这一点,很快他们就开始制订计划。杰里米和鲁宾去岸边将我们的船藏到一个小洞里,船长和比尔·巴克尔则留在这儿守卫我们的安全。安迪也要一起去岸边,但普雷布尔船长命令他留在原地。船长给菲比也下了命令。

"你只做我让你做的事情,"他对她说,"无论是什么事,知道吗?"

"是，父亲大人，"菲比回答说，"他们会像波特兰集市上的印第安人一样全身都涂上颜料吗？"

他们全都笑了，包括普雷布尔太太。之后她让菲比带着我同她一起进入了小茅草屋。安迪也不得不跟进来，不过他坚持坐在门口，以便向我们报告事态的进展。船长和比尔·巴克尔就坐在不远处，每人武装了一根从船上拿来的穿索针。船长为他的手枪无法派上用场而伤心，因为他仅有的火药都被海水糟蹋了。

安迪目光敏锐，不多久他就看到很多船只驶近，彼此始终保持着很近的距离。

"看样子总共有五十只船呢，"他报告说，"不过阳光太耀眼，很难判断。但确定无疑的是，它们正向我们驶来。"

这是真的。鲁宾和杰里米回来的时候，一大群几乎赤身裸体的棕色人已经爬上岸来了。他们中的一些人拿着粗糙的矛，另一些举着粗糙的盾，还有一些挥舞着长钉棒。没有人知道他们是否知道我们在岛上。虽然船长指出，他们可能是看到了我们点燃火堆时升起的烟。不过，他们也可能只是来狩猎或者捕鱼。安迪蜷缩在门口，随时告诉我们他看到的一切。

"他们现在已经爬上了大树，"他说，"船长和比尔走了出去，好像是向他们鞠了躬。现在他们停了下来，彼此比画着。我在想，比尔是否知道他们在说些什么。"

过了一会儿，他报告说他们一起向我们走来。大概过了五

第六章 我在死亡的边缘与普雷布尔家再聚首

分钟,他们已经走到我们身边,但是我觉得我们在小茅草屋里好像等了几个小时。听到他们的脚步声越来越近的时候,我很高兴。现在,普雷布尔船长站在门口向小屋里凝望,并示意我们过去站到他旁边。我看到普雷布尔太太将一只手伸向安迪,另一只手则牵住了菲比,跟着船长走出了茅草屋,来到了太阳底下。也许是阳光太耀眼,我们在昏暗的小茅草屋里待的时间又过久,但无论如何,看上去仿佛有几百个棕色人在向我们拥来。

"别紧张,"我听到船长悄声说,"他们到目前为止什么也没做,只是看着我们。"

他们确实在看着我们。在他们缠绕的头发下佩戴着鼻环和耳环,他们的颈部、腕部、手臂和脚踝处也戴着雕刻的项链和金属环。这时,足智多谋的比尔·巴克尔想到了个主意,他脱掉T恤,展示起自己的文身。这引起了他们的兴趣。他们聚拢在比尔的周围,叽里咕噜地说着什么。

"他们的行为就像一群孩子,"普雷布尔船长说,"他们如果能一直这样,我会非常高兴。"

的确就像孩子一样,他们很快就对一件事物失去了兴趣,接下来他们开始围观菲比。我能感到菲比的心狂跳不止,但她没有退缩。然后那个大家伙——他一定是他们的首领,因为其余的人都遵照他的手势行事——伸出手来,用一根巨大的棕色手指触碰我并转向其他人发出了一阵咕噜声。然后他转回身来,

向菲比伸出了手。

他想要什么,大家很清楚。然后,我听到船长那不容违抗的声音:"把希蒂给他,菲比。"

尽管那是几年前的事情了,但现在回想起那一刻,仍会有一种令我毛骨悚然的恐惧涌上心头。

"不是希蒂,爸爸——"菲比支吾着说。

"你把她给他,快点。"船长语气很重。像这样说话,我只在"戴安娜"号失火的那一天听到过。

菲比还是按照船长的要求做了。很难想象,我曾从鸦巢中逃离出来,刚从水与火的深渊中逃脱出来,转眼又落入了野人的手里。但是我什么也做不了,我等待着自己能鼓足勇气,让他给我一个了结。他的手指只要稍微一用力,我就立刻变成一堆木屑和碎布头。我想,菲比要是亲眼看到我被弄成碎片该有多么恐怖。我想那一刻我们所有的人都已经忘了我是用特殊材料制成的,而那种材料具有战胜邪恶的力量。

我的材质具有战胜棕色人首领的力量,他非但没有当场结束我的性命,反而以一种敬畏的神情注视着我。

然后他召唤其他人过来,向他们展示我的形象。尽管我很害怕,但看着他们带着敬畏的神情,我还是感到一些骄傲。

"那个娃娃给我们带来了幸运,没错的,"我听到比尔·巴克尔跟船长说,"她比我们知道如何控制他们。他们把她当作某种神,而以前他们从未见过这种神。"

第六章 我在死亡的边缘与普雷布尔家再聚首

"我相信你是对的,比尔,"船长赞同地说,"看他们那么虔诚,就像在举行宗教集会一样。"

"哦,我还从没见过这种情形!"他的妻子叫道,"菲比,我几乎相信'沿街小贩'的话了。"

"他会把她还给我吗?"菲比问道,祈求地向我伸出了一只手。

我看到比尔·巴克尔迅速地抓住了她伸出的手,把她拉到自己身边。

"站在那儿不要动,"他警告说,"不要流露出想要她的表情。"之后他转向船长,补充道:"如果我的记忆没错,这些土著从你手中抢走了你的神,他们会以为已控制了你。"

"是的,"杰里米也加入了对话,"我也听人们说过。只要他们拿着她,他们就不会伤害我们。"

我永远也不会知道,菲比的动作是否惊动了他们。当她的手伸向我的时候,就像在祈祷时高高举起一样。无论如何,土著看上去被我所吸引。

"好吧,希蒂,"当首领将我高高举起展示给众人的时候,我对自己说,"在你的身上已经发生了许多奇怪的事情,但这无疑是最奇怪的一桩!"

随着首领又一阵的咕噜声,所有的土著都向我俯首,然后还做了些奇怪的动作——就这样,我被当作一尊神像抬走了。

第七章　神、土著和猴子

我经常问自己：其他的娃娃是否也曾被要求扮演像我一样的角色？现在我突然被选作一个野人部落的神，尽管我对他们的希求一无所知，就像他们不知道在会议厅山的教堂里人们如何祈求上帝一样。但我必须承认我没有被这样虔诚地敬畏过。他们用绿叶和竹芽为我搭建了一座小神殿，并举行了庄严的仪式将我迎入其中。我被安放在圣坛上，四周点缀着粉红色的芙蓉花。一旦这些花凋谢，新鲜的就会被拿过来，还有一些水果和贝壳等供物。若不是担着拯救菲比·普雷布尔和其他人的性命的重任，我怕这些待遇很快就会让我得意忘形。

事实上，我一边按照土著的期望配合他们，一边相信上帝会让我度过这次劫难，就像以往一样。首领看上去对我非常上心，可当他一件件地脱去我的衣服，直到我只穿着一件无袖棉衫坐在圣坛上时，我不能说我很高兴。其实，我得到如此待遇的唯一原因是我名字的红色十字绣，尽管历经海水的洗涤和阳光的暴晒，这些字母奇迹般地保留了原色。这看起来吸引了他们的注意。我猜想，他们以为这些字母是神迹或符咒，是不容破坏的。我是多么庆幸，当时普雷布尔太太建议菲比把我的名

第七章 神、土著和猴子

字绣在无袖棉衫上!

他们按当地的风俗,从各种浆果中挤出新鲜的果汁,然后涂抹在我的脸上和身上,我真不敢想象我的古怪外表。但是为了菲比他们的安全,这个我忍受了。我也不反对他们将一些树叶和花朵披在我身上,或者将一块红珊瑚用草绳串起来挂在我的脖子上。我相信我的花楸木材质能够驱除任何邪恶的力量。

一连多天做一个神真的相当寂寞。当棕色人来到我的神殿前发出奇怪的咕噜声时,如果我能够听懂他们彼此之间的对话,也许我会有不同的感受。但是他们永远也不知道我是否感到无聊或者害怕。我一直对他们安详地微笑,就像我已经回到缅因州的壁炉上一样。我本来就被做成一副快乐的表情,所以这对我根本不是件难事儿。我最盼望的是知道菲比和其他人的情况,但只有一两次我捕捉到从不远的树林里传来的熟悉的声音,还有一次我听出了远处比尔·巴克尔和杰里米的声音。这样过了多少个日夜,我也不知道,因为在新的环境里我很快就忘记数到多少了。

但是就在这段时间里,我熟悉了猴子的生活习性,否则我不可能认识它们。起初,它们在我周围的树枝上蹦蹦跳跳,又瘦又长的尾巴来回摇荡,还总是发出疯狂的尖叫,这一切都令我非常不安。它们慢慢靠近我,然后局促不安地盯着我,其中一些大胆的还用瘦瘦的手指戳我。它们的手指很细,并充满了好奇,它们就像人一样用手触摸世界。这既令我不舒服,又令

我嫉妒。我认为这不公平,这些野生动物都可以拥有十根手指,而我却只能用两只笨拙的木手掌勉强生活。然而,当我觉得越来越孤独时,猴子也越来越习惯与我相处,我们建立起一种友谊。它们纤巧的手掌友好地安慰了我,我开始享受它们手指的触碰。有一只小猴子引起我格外的注意,它长着一张银白色的脸,还有一条特别灵活的尾巴。我几乎能听懂它的尖叫,而它的到访也有助于打破我枯燥无趣的生活。我记得有一次它还给我带来了一个礼物。我想那一定是颗肉豆蔻,就像我在厨房调味架上见到的一样。我想猴子希望我吃了它,尽管我不能吃,但我一直把它放在手掌上,直到另一只更淘气的猴子偷走了它。

明艳的热带鸟儿时常飞来向我歌唱,耀眼的绿色蜥蜴有时悄悄地爬过我的神殿,我继续这样生活着,直到我的救赎之夜来临。关于这个夜晚事先没有一点征兆。实际上,我没有办法获知我的家人的任何情况,近来甚至没有看见过他们一眼。我不知道他们是否知道土著把我藏在了什么地方。

一天晚上,当那群野人在神殿不远处围成一圈酣睡之时,我听到越来越近的脚步声,那声音很轻。那晚没有月亮,只有几颗星星从棕榈树的枝丫间投射出隐约的光。我分辨不出是敌是友,但不久后我就清楚了。

然后,我感到下面的树枝摇晃起来。我的竹芽神殿被安置在相当高的地方,可是连它也开始危险地晃动起来。我担心野

第七章 神、土著和猴子

人听到后会惊醒过来。我可不希望身处冲突之中,因为那些野人会迅速结束我的性命。

现在,来人已气喘吁吁地靠近我了。我的脸感觉到了他身上的热气,接着有一只手环抱住了我。我感到自己被抱起,在温暖有力的手中被带走。

正当我们在黑暗中飞速穿越时,那只手消除了我的担忧。我知道那只手以前抱过我,即使身处这样的危险之中,我却感到比以前更多的安全感。现在我们已经穿过了浓密的棕榈林,我也终于能够辨认出我的拯救者——尽管很模糊,但确定无疑,那是安迪。

他赤着脚,悄悄地向岸边飞奔,时而回头看一眼,以确定没有人尾随我们。

"这回他们傻眼了。"我听到他边跑边得意地嘀咕道。

突然,不知打哪儿冒出了杰里米·福尔杰的身影。当我看到他弓着的后背时,不禁喜出望外。

"你在做什么呢?"他低声问,"我以为你跟其他人在一起呢。"

"我回去找东西了。"安迪闪烁其词,并始终把我藏在身后,"船已经准备好了吗?"

"差不多了,"杰里米告诉他,"但其中一条船突然冒出一个糟糕的漏洞,看来我们所有人要挤在一条船上了。"

从他们的低声交谈中,我猜想他们发现了一艘大船途经

此地。普雷布尔船长不敢发射信号弹,害怕惊动土著,因为他们近来不太友善。然而,他们都认为机不可失,要设法追赶上大船发出求救信号,但必须要等到天黑了才能把藏起来的小船拖出来。

现在我们在岸边,躲在一个遮蔽得很好的小海湾里。我只能勉强辨认出普雷布尔船长和其他人的身影。菲比和她的妈妈已经坐在了一条小船的尾部,男人们站在水里检查物品。"我们必须极其小心地保持船身的吃水差。"船长紧张地说着。当他看到安迪,就开始责备安迪擅自离开大家。

"你真是一个好水手,"他责骂道,"在这种时候逃脱?要不是时间紧迫,我非给你一鞭子,让你牢牢记住。"

安迪欣然接受了他的批评。但当船长走过之后,他把我从背后拿了出来。

"我去找希蒂了。"他解释说。听到这句话,菲比突然从小船上站起来,搞得小船剧烈摇晃起来。

"坐下,菲比!"她的父亲命令道,"是的,她是希蒂,确实是。"

他从安迪手中接过我,在把我递给菲比之前,我在他手中翻来覆去了好一会儿。

"所以,那就是你刚才去做的事情?"他用一种与刚才不同的语气问安迪,"你不知道你可能因为触碰她而被杀死吗?"

"知道,先生,"安迪羞怯地说,"但我发现了他们藏她的

第七章 神、土著和猴子

地方，而且当菲比因为要丢下她大哭时，我觉得我应该把她带回来。"

"真是一个奇迹，我们现在都活着。"比尔·巴克尔插嘴道。

"如果他们发现她不见了，派出船来追咱们，那就不好办了！"鲁宾警告道。

"是的，"我听到杰里米赞同地说，"一旦被他们发现，我们就更危险，但我发誓我很高兴安迪救了她。那个娃娃值得我们冒险去救，就像救我们中的任何一个人一样。"

"你说得对，"普雷布尔船长说，"小伙子们，上船，奋力划向目标，安迪，你尽量往船头坐，注意寻找前方的亮光。那艘大船今天下午并未全速前进。我希望上帝不会让它顺风快行。"

当我们从那个小海湾驶向大海时，我又躺在菲比的怀里了。

"哦，妈妈，"她叹息道，"只要我活着，我就再也不会对安迪发脾气，等我们回到家，我会把我的银杯子和粥碗送给他，让他永远保存。"

"唉，我的孩子，"她的妈妈叹息道，"你怎么能这么说呢，要知道我们还不知道是否能追上那艘船，而如果我们没有——"

她没有说完，但我知道她的心思。这可能是我们所处的最危险的情境，因为如果我们没赶上那艘大船，我们就会陷入绝境。一旦土著发现我不见了，再回到小岛上我们必死无疑。假若那样，我们就只能漂流在大海上，直到食品和水都用尽，或者我们都沉入海底。我很清楚这一切，但无论如何，我也不会

用菲比·普雷布尔的怀抱去换哪怕是用象牙和檀香木雕刻的、大多数野人部落最羡慕的、最时尚的、最漂亮的神殿。

我们所有的人挤在一条船上非常不舒服，船吃水很深，稍微大一点儿的浪就会打到我们身上，将我们打湿。我并不像其他人那样介意被浪打湿，相反，我希望天亮时在菲比能够看清我之前，这些浪能将我身上奇怪的浆果汁装饰除去一些。微风习习，这使我们的小船帆无法升起，也使得其他船为了前进不得不改变航向。如果天气情况一直这样，男人们能够平稳地摇着桨，船长认为我们追上大船的机会是对半的。他们轮流划桨、掌舵和瞭望，并通过小指南针确保我们的航向正确。普雷布尔船长准备好了提灯。幸运的是，他安全地保存下了一些煤油，正是为了应对这样的需求。他将打火石和火镰放在口袋里，一旦看见大船的光，他就会发信号。

星星低悬在海天相接之际，即使像比尔和杰里米这样经验丰富的老水手，也经常错将它们当成我们渴望的灯光。每一次把星光错当作灯光都会失望，但男人们从来也没有懈怠手中的工作。热带海水泛起了我所见过的最闪耀的磷光。每次我们的船桨下探后又升起时，它们在船舷两侧都营造出亮闪闪的迷你星光雨。菲比说，它们是星星的眼睛，正从黑暗的海水中向上看着我们。可她的妈妈认为这称不上什么景观。她说它们令她眩晕，只有一种光对我们有利。男人们继续划船，可还是没有发现大船的迹象。

第七章 神、土著和猴子

疲惫不堪的菲比终于靠着妈妈睡着了。我依然笔直地坐在她的腿上,因为我似乎感到自己有很多职责,虽然此时我必须承认,一切都取决于男人们的不懈努力。

"我们现在随时都有可能看见大船。"船长一直在激励他们。但时间已过去几个小时,前方还是没有出现桅顶灯,他们变得越来越沉默,只是固执地继续划着桨。

安迪在船头缩成了一团,我猜想他也睡着了。突然,他发出了一声尖叫。

"它在那儿呢,"他叫喊着,"在我们的左舷方向,平的那个就是!"

"他说得没错,"杰里米确认,"我能看清楚它了。"

瞬间男人们又都活跃了起来。他们大叫了两声来表达心情,然后带着复苏的活力继续划船。普雷布尔太太激动得有些颤抖,而菲比则从睡梦中醒来,高兴地紧紧抱住我。

"它离我们还有一段距离,"普雷布尔船长边通过望远镜看边说,"鲁宾,把桨给我,我把提灯绑在上面。"

绑好之后,他开始试着点燃灯芯。这花了一些时间,他在努力的时候,还不断地诅咒抱怨。终于他点燃了灯芯,但那灯光非常微弱,闪烁不定。

"这不会有用的,"他看着它说道,"灯芯太不易引燃了,我猜是咸海水惹的祸。要么我们先烧谁的T恤?"

此时大家身上剩的衣服都很少。鲁宾自从离开"戴安娜"

号就一直赤裸着上身,比尔·巴克尔的T恤在岛上的时候已经无影无踪,杰里米的后背只披着一件花边似的碎布头。然而,他还是二话不说把它脱了递给船长。普雷布尔船长从提灯里倒出一点儿珍贵的煤油,很快举起的船桨就燃烧了起来。当杰里米的碎布头快烧完的时候,船长再次采用同样的办法。之后,他的妻子也脱下了衬裙。这个燃烧了很长时间,而且一开始火势就很旺。借着这些临时火把发出的奇怪亮光,我看到男人们在向着目标划去的时候,脸上露出了笑容。他们现在已经非常累了。每一次划桨都比上一次更慢,付出的努力也更多。但那光仍然像是远方一颗遥不可及的星星。

"看来以这样的速度我们永远也到不了那里,"安迪终于说了出来,"他们真的不会看见我们吗?"

这是他们脑袋里共同的想法,但是没有人敢说出来,以免他们仅剩的力气也丧失掉。

我觉得,那光好像比一小时之前更远了,而我也知道,如果这是真的,并且在天亮之前他们还没有看到我们的信号,那么我们就的的确确陷入了悲惨的境地。我想,我几乎读懂了船长的心思,因为现在他说:

"煤油几乎用光了,把你们带的东西都拿出来吧,我们再来一次更大的尝试。"

男人们还有什么东西能够拿出来呢?我对此表示怀疑,因为此时他们已经跟土著一样几乎全身赤裸了。这时,我听到普

第七章 神、土著和猴子

雷布尔太太说道：

"丹尼尔，拿我的软帽和披巾吧。还有这个，是我的另一条衬裙。现在不是担心外表的时候。"

船长把它们收集起来，加上菲比的小棉腰带。当披巾放在普雷布尔太太两脚之间的时候，我看到她最后看了一眼，眼里满是不舍。那是她最好的一条披巾，当我们离开"戴安娜"号的时候，她还用它包裹物品。某种程度上，它好像是我们与过去日子的最后联结。她看着披巾被浸满煤油，点燃，没有一句埋怨，接着她的海狸皮软帽也被点燃了。船长和鲁宾竭尽全力将船桨举得高高的，它们在高处发出了明亮的光。

"如果没有带这些，那我们只有扔掉双桨，再扔掉自己。"我听到比尔·巴克尔低声对杰里米说。我也非常乐意将我的无袖棉衫贡献出去，但是常识告诉我，那发出的光还没有萤火虫亮。

现在火把燃尽。当最后的火焰摇曳着逐渐熄灭时，我看到普雷布尔船长将皱缩的黑布打成一个小小的结扔进海里。没有人移动，或者抬起一只手去划船。我们都意识到那将无济于事。每一只眼睛都盯着远处的那个亮点，要知道它对于七个人和一个木偶娃娃来说，意义重大。

突然我看到船长的手臂伸了出去，快速地做了一个手势。一点亮光出现在原来的亮光旁边，接着一点又一点的亮光不停射出。

"他们看见我们了,感谢上帝!"他喊道,"他们在发射信号,告诉我们他们正向我们驶来。"

他激动得一直颤抖,根本没有办法抓住船桨。鲁宾重重地坐在座位上,双手捧住了脸,比尔·巴克尔和杰里米则像普雷布尔太太和菲比一样啜泣起来。我也会哭的,如果我能。

第八章 迷失在印度

大约在破晓时分,我们被营救上了"金星"号,不久我们就几乎把这儿当成了自己的家,就像在"戴安娜"号上一样。这是一艘装备良好的货轮,专门从事与印度和中国的贸易,尽管最近经历过一场严峻的风暴而局部受损。这场事故使它偏离正常航线数海里,船长和全体船员被迫在一个遥远的海港靠岸维修。所以我们看见它时,它正依赖一支备用的龙骨航行。

它的船长来自我们的国家,如果我没记错,是马萨诸塞州的费尔黑文。他是一个善良、彬彬有礼的人,这是他第一次出海航行。我对他的回忆永远充满感激,因为当菲比向他展示我窘迫的行头时,他骑士般地拿出了自己最好的丝绸手帕把我包裹起来。那是一块宽大的红色丝绸手帕,四周还绣着锚和绞绳。想到野人只为我留了一件无袖棉衫,我觉得自己非常需要这块手帕。我们其他的人也跟我一样几乎衣不蔽体。男人们收下了分给他们的T恤和裤子,不管是否合身。普雷布尔太太把两件怪模样的衣服拼在了一起,菲比的衣服则直接取材于一块长棉布。那本是带来与土著交易用的,所以有种难以言表的俗气。

"如果在家里,他们看到我穿这样的颜色,我一定掉头就

跑。"菲比看着那块棉布说。

不过,她还是设法用男人们装备的缝帆针和线将那块棉布剪裁、缝补了一番。因为布料不足,菲比的连衣裙穿在身上就像一个会活动的口袋。不过,普雷布尔船长许诺了,在下一个停靠港会给我们配备齐全。他还有一小袋金子,自从离开"戴安娜"号后就一直挂在脖子上。他说,这是我们很长时间里唯一的钱,不过在这样的关头他不打算再攒着了。

他和三个同伴常常闷闷不乐地坐上几个小时,计算我们损失了多少鲸油。

"还好,上帝保佑我们都还活着,还可以跟人讲述这段传奇。"他们时常这样互相安慰着。

贸易船比我们的捕鲸船干净多了。考虑到我们失去了生命以外所有的东西,我们的小团队能够一直保持振作真是令人惊异。"金星"号的船员非常友好,菲比和我很快就和他们所有的人成了朋友。她最喜欢给一群水手讲述我的经历,虽然她已经把我身上的浆果汁都洗掉了,但她还是愿意指给他们看它们曾经的位置。那些船员总是显出一副钦佩的样子。"不是每一个娃娃都有她这样的经历的。"他们赞同地说。

下一个停靠的港口是孟买,我们立刻开始制定在那儿的购买计划。"金星"号的船长答应给他的小女儿带回一串珊瑚珠,他说菲比也应该有一串。安迪想要一把象牙手柄的小刀,普雷布尔船长说他的太太应该买一条最漂亮的披巾,来弥补在小船上烧掉的那条。可是状况不断，靠岸总是延后，我们渴望入港的心情无人能比。我确信，当期盼已久的海岸线终于出现时，人们看到陆地后发出的惊喜的尖叫声，永远都不会超过我们船上的人。

"现在，"当抛下锚后，我们的新船长说，"我们休息一天，所有的人都上岸去看民俗民风吧。"

当我回想那一天的时候，总能想到那些琐碎的画面——奇怪的小船，圆圆的屋顶和狭窄的街道，哀怨的乞讨者，还有许多穿着长袍、包着头巾、踱着方步的男人。有时我们还会看到一些半裸的男人，他们的手脚被绳子捆住，或者身体扭曲成既可笑又恐怖的样子。

有一名船员对当地的道路非常熟悉，他还会说很多当地的语言，足以帮助我们买到新奇的东西。毕竟好几个月漂泊在海上，这样的游览令他们异常兴奋也不足为怪。我开始担忧，害怕他们的钱不够买所有想买的东西。很快我们已经买了最好的印度绣花棉布，更耐用的印花棉布，还有图案更奇妙的羊绒披巾，还有各式各样的小装饰品。不久，菲比就拥有了几串银饰品、几串珊瑚和几串闪亮的贝壳。其中还有一串是给我的，那是一串圆圆的红色珊瑚珠。我们的向导说，那串珊瑚珠其实是一个鼻环，不过对我的脖颈来说，它真的是绝配。他们都说我戴上后十分惊艳，菲比也确信等我穿上新的印度棉布衣服，我就会成为所有娃娃中的时尚女王。唉，谁会想到那竟是我们在

木偶百年历险记

一起的最后一天!

　　一个接一个新奇的东西不断吸引着我们的注意力,几个小时很快就过去了。我想起来了,那天远处一直回荡着钟声,那应该是我唯一一次听到远处的钟声。我猜想那些钟声来自远处的印度寺庙。我们看到大象、老虎和白色的圣牛被牵引着在街道上巡游。我们讨价还价,在昏暗的集市里不断地收获惊喜,其他的人都在水手们熟悉的餐馆里吃米饭、咖喱和甜品,在那儿男人们一直用小鼓和芦笛弹奏着怪异的音乐。的确,我们看了很多,也买了很多,到下午三点左右,菲比·普雷布尔已经跟不上大家的步伐了,而且嘴里不断嘀咕着累了。因为还有许多东西要买,而且两位船长还有很多其他的事情要办,最后决定由比尔·巴克尔带着菲比先回"金星"号。

　　我们距离港口很远,菲比已经累坏了,比尔·巴克尔心疼她,就决定抱我们回来。他把她抱进怀里,很快我们就缓慢而舒服地前进了。这给了我一个很好的视野。越过比尔的肩膀,我可以看到一路上我们经过的任何事物。

　　我永远也无法确定,后面的一切是如何发生的。但是我想,比尔稳健的步伐,加上大热天里长时间的兴奋,一定让菲比很想睡觉。她的头越来越低,直到完全靠在比尔的肩膀上,就像在家里的床上一样,她香香地睡着了。比尔·巴克尔抱着菲比大步地走着,仿佛抱着集市里买到的一个包裹一样轻松。至于我,我在菲比的手中摇晃着,而她的手就搭在比尔的肩膀上。

这是一个危险的位置,我知道,但是我并没有意识到真正的危险,直到我察觉到自己从她的手中滑落。

我想让自己踱到比尔·巴克尔的面前以吸引他的注意,但是我什么也做不了。我被他们俩抛弃了,一个人俯卧在陌生的排水沟里。

石头好硬,而且上面不时地有水落下来,我恍惚地躺在那儿,不知道过了多久。我的木头身子随着外力来回摆动,排水沟里的厚泥弄得我几乎失去知觉。数不清的灰色大脚从我身旁经过,有一些甚至踩在我身上,不过它们多数都是赤脚快步走过,加上我又躺在泥泞的沟里,所以也就没怎么受伤。但是,一想到早些时候看见的大象,想到它们粗壮和笨拙的大脚,我就怎么也不能安心了。头顶上喋喋不休的奇怪声音一直念叨着异教的呓语,这更加重了我的痛苦和绝望。

"迷失在印度,"我思忖着,"我,神奇地战胜了多少艰难险阻,更不必说那些荒岛野人……"

我能感觉到脖子上新买的珊瑚珠。它们圆圆的,很光滑,我还记得,当菲比在集市上从众多的珊瑚珠中为我选中这串时,它的颜色是多么漂亮啊。那时我们俩都觉得非常骄傲。现在,如果能用它们换来菲比的拥抱,我会多么高兴啊!常识告诉我,即使他们很快就发现我不见了,并且立即开始寻找我,也不可能找到我现在躺的地方。尽管如此,我还是心存希望,在如此窘境中谁不会抱有希望呢?

但是，我再也没有看见菲比和普雷布尔家的任何人，虽然后来曾经迂回地听到过他们的消息。现在菲比一定已经去世多年了，因为那是一百多年前的事情了。多奇怪啊，她在我的无袖衬衫上用工整的十字绣法绣的名字仍旧还很清楚。我听到人们在古董店里看到我时，总会念出它来。

还是先回到孟买和那条排水沟吧。我的下一段记忆就是自己被纤长柔软而又黝黑的手指给拾了起来，这些手指属于一个包着头巾、穿着褴褛长袍、身材矮小的棕色老人。显然，船长的红色丝绸手帕吸引了他敏锐的黑眼睛，当菲比扔下我时，那块手帕正好包裹在我的身上。无论如何，他拾起了我，将我翻来转去，好像要把我再扔出去一样。然后他改变了主意，最后用他那宽大长袍的一角把我擦干净，带着我扬长而去。

我知道的下一件事就是我已经置身于一个小房间硬硬的石地上了。天黑了，只有微弱的月光从有栅栏的窗户射进来。我躺在一只大大的柳条筐旁边，听到那只柳条筐里发出了奇怪的沙沙声。它们跟我曾经听到过的声音都不一样。我无法描述，只能说它们使我充满了不祥的预感。我确信那筐子里不是什么好东西。真的，如果能远离这只筐子，即使让我送出我的珊瑚珠，我也会很乐意的。

不一会儿，在昏暗的月光下，我看到那个包着头巾的印度人和另一个包着头巾的人一起进来了。他们一同蹲伏在旁边，那个印度人从长袍下面取出一支富有当地特色的长笛。我想，那是用竹子做的，发出一种纤弱的笛音，几乎和筐子里的沙沙声一样怪异。我无法描述那音乐给我的感受，它好像在我的全身引起奇怪的感觉。我此前并不知道，只是听着这种乐器一遍遍地吹出某种声音，我竟会如此悲伤。

紧接着那只筐子里开始有更大的动静，发出更大的沙沙声。我看到盖子在颤动，而且还翘起了一点儿。同时，那异常悲伤的音乐还在继续。即使没有这段音乐，身处如今境地的我已经够伤心的了。可我只能继续恐惧地盯着筐子盖，看着它一寸寸地升起。最后，它猛地向后一挪，我看到了一条巨大的眼镜蛇的头部和柔软的躯体。白天的时候，杰里米曾给安迪指过一条眼镜蛇，但那时它很"安全"地待在笼子里。只有那令人悲伤的音乐能够控制它。我既害怕又好奇地看着它舒展开身体，爬出筐子，向着那个印度人爬去。他一旦停止吹奏，蛇就会停下来，即使它正在滑行。他一旦加快节奏，蛇也会随之提高速度，就好像是音乐在命令它这么做。随着音乐的旋律，眼镜蛇的头和身体缓缓地移动着，层层叠叠，左右摇摆。我看到它没有眼睑的眼睛射出亮光，芯子快速地吞进吐出；我听到它的鳞片在地板上爬行时发出的轻微刮擦声。一度它距离我非常近，近到我感觉它寒冷的身体正从我的脚上滑过。在它触碰到我的一瞬间，我全身都僵住了，直到看上去我已经被它一分为二，而且如果我的头发不是牢牢地画在头上的话，我肯定它们会竖起来。

还有，就像我曾经说过的，一个人在一定的时间内可以适

应任何事物，即使是一条颈部呈兜帽状的硕大眼镜蛇。本来，我永远也不会跟眼镜蛇这种生物友好相处，但是几天过后，我已经能较平静地接受它了。我了解到，印度人完全控制着它，而它毕竟只是一条长期受苦的隐忍的蛇，一天展现几次身手也全是在主人六孔竖笛的指挥之下。

即使是比我还勇敢的娃娃，也会对被迫服务于印度耍蛇人而感到畏惧。我不能说这是我喜欢回忆的一段生涯，但是至少我没有做任何有辱娃娃们的事情，这点让我聊以自慰。

我的角色有些被动——就是当印度人和他的蛇进行奇怪的表演时，我就像一尊雕像般站在旁边。

当时，在印度做一个耍蛇人显然不能赚很多钱。我确信，如果我也需要食物，那么印度人就不会带着我巡演。他自己通常吃米饭，当我们在乡村时，他就设法把蜥蜴、苍蝇等喂给眼镜蛇。也许这是我们巡演如此之多的一个原因，但我猜测，四处奔波也许是所有耍蛇人的生活方式。

又一次，时间对我几乎失去了意义，或者是几年，又或者只是几个星期，我每天都在柳条筐中旅行。反正，我对自己的处境非常失望。我丢弃了所有获救的希望，只感觉应该在炎热与灰尘中，在远离家乡缅因州的地方结束自己的一生。但是，没有人能预知自己的未来。

终于，在一个日薄西山的下午，当炎热的一天逐渐阴凉下来时，我们停在一幢长长的低矮建筑旁边。与城中其他的建筑

相比，这幢建筑别具一格。一大群当地的儿童和成年人聚集在印度人周围。很快他就将六孔竖笛放在唇边，眼镜蛇也开始表演自己的舞步。像往常一样，我被放在筐子旁边，依旧缠绕着肮脏的红手帕，穿着无袖衬衫，戴着珊瑚珠。这时，丝毫没有预示，就在眼镜蛇众目睽睽之下爬向它的主人时，我听到一个声音在说着我能听懂的话语。

那是非常简单的话语，但我永远也说不清，在当时的情境中它们带给了我怎样的乡愁和安慰。

"快点儿，亲爱的，"我听到，"我们到家要晚了。"

就在那时，我看到一个男人和一个女人走近我。他们的皮肤是棕色的，他们的服饰虽然褪了色很朴素，却像是他们在家里穿的。那一刻我很害怕他们走开。但什么东西吸引了那女人的注意，她呼唤那个男人停下来。他们站在一起，在边上观看眼镜蛇和它的主人表演滑稽的动作。突然，我看到那女人碰了一下那男人的胳膊，然后指向了我。

我意识到他们注意到了我，可是作为一块木头，我无法大幅度移动身体以表达我的喜悦，或是请求他们将我从困境中解救出来。但是又一次，上帝或者花楸木的魔力发挥了作用。我听到那位女士说："我确信那不是一个印度娃娃，威廉。看她的表情和头发，她应该就是家乡的娃娃。"

"她的确有一副熟悉的样子，"他赞同地说，"把她作为小感恩的礼物如何？"

"我正想到她呢,"女士说,"她现在远离家乡,连一个陪伴她玩儿的娃娃也没有。但是,"她补充道,"她很脏。"

"哦,我们应该能够把她弄干净的。"他笑着回答,"想想,我们来到这儿,就是为了洗净所有灵魂的罪恶。"

那个男人会说印度语,很快他就跟印度人谈起价格来。这花了一些时间,而且我担心印度人不会接受他的报价。终于,他同意了,而我也被交给了那位女士,她将我包裹在自己的手帕里,好像我曾经是个麻风病人。

尽管如此,我没有心情抱怨。我心甘情愿地经受水和肥皂的彻底清洗。就在我被彻底清洗之时,我听到了各种对话片段,从而了解到我现在落到两个传教士手里,他们来到这个遥远的国度传播福音。在这儿他们建造了教堂和学校,他们使尽可能多的当地人接受照拂并皈依基督。他们唯一的孩子,小感恩,就出生在这里,而我正是被买去送给她的礼物。

在为我清洗之后,我听到她的妈妈对丈夫说:"看到她那张美国面孔,我就想家了。"

"是呀,"他说,"现在你帮她清洗干净了,她就像我在特拉华州的妹妹露丝。"

"我想按照我小时候的样子来装扮她,"他的妻子继续说,"这样小感恩在回去之前,就会熟悉长袍、头巾以外的服饰了。她原来一定属于某个小朋友,你看,威廉,她的小无袖衬衫上还用十字绣绣着名字呢。这是真正的细亚麻布,我要亲手洗干

净。可怜的娃娃,她原来的主人一定是很好的人。我真是奇怪,那个又老又脏的耍蛇人怎么能把他的手放在她的身上呢!"

"上帝是神奇的,"他回应说,"我必须承认,当他将这个小娃娃适时降临到我们家,以满足我们自己的孩子的需要之时,我被触动了。如果不是过于随便,今晚在大家一同祈祷的时候,我愿意就我们找到她这件事布道宣讲。"

"我想,威廉,如果是我,我会等一下。"他的妻子劝说道,"在我们还没为下个星期小感恩的生日装扮好她之前,我不想让小朋友发现她。小感恩是该有个娃娃去照料了。"

所以,在很近的将来,我将出现在一个生日聚会上,我又将属于一名小女孩了!那晚,当我小心地蜷缩在小感恩找不到的针线盒里时,我一门心思想的都是这些。

第九章　第二个与我一起玩的小朋友

如果我对与小感恩在一起的日子着墨甚少，那并不是因为我作为她的娃娃的两年不开心，而是因为我生命中的其他时期变故更多。我是在她四岁生日的早晨被带到她身边的，一直看着她长到六岁。诚实地说，她并没有愧对她的名字，她与我任何一位主人小朋友一样，都拥有快乐的灵魂。事实上，她的性情并不总是可以信赖。因为她从来没有和自己合得来的玩伴，而她的保姆也只是事事顺从她的任性。的确，她是该有一个自己的娃娃了，虽然她从未给予我像菲比·普雷布尔那样的关怀与喜爱，但我必须公正地说，她从未刻薄待我。

比起装扮娃娃，小感恩的母亲更擅长赞美诗和圣经课。不过，能够再次穿上合宜的布料我已经很开心了，哪还有心思去要求最新的时尚。她为我做了一件印花棉布连衣裙，很大很大。它几乎盖住了我漆上颜色的双脚，领口周围的褶边也几乎遮住了我的珊瑚珠。不过这些都是小事儿。我现在既干净又舒服，而且我又属于一个小女孩了。

木偶百年历险记

　　在那遥远国度的深山里，除了偶尔能收到寄自外面世界的一沓信，或是为刚刚皈依的当地人施洗，生活显得很平静，有时甚至有些沉闷，但至少我知道我是安全的，并且受到了很好的照料。在这段时间，我有闲暇和机会提高我的心智。在那些个悠长、炎热的正午时分，当本地的男孩子们赤着脚为家务跑来跑去，或者用力拉风扇的绳以便为室内通风时，我们坐在昏暗的屋内，小感恩的母亲教她简单的读和写，以及50以内的加减法。她还教她《圣经》、教义和许许多多的赞美诗。

　　我必须承认，起初这些使我有些不安。有一句诗篇是"我们不过是尘土"，它曾使我很惊恐，直到我想起它并不适用于我，因为我根本就不是尘土做的，而是由上好的花楸木做的。自那以后，我再也没有让任何诗篇烦扰过我的心，无论它们听起来有多么奇怪。那些赞美诗更合我的意，当小感恩跟着她的母亲单调地诵读时，我记住了很多。有一些给我留下了非常深的印象，直到今天我还能背出来一部分。我记得最喜欢的一首赞美诗是这么开头的：

　　　　从格陵兰冰雪山，
　　　　至印度珊瑚岸，
　　　　从非洲金色沙漠，
　　　　滚滚清泉流过……

第九章　第二个与我一起玩的小朋友

这一首似乎特别适合我。还有下面这一首赞美诗：

> 上帝丰盛的恩德，
> 纵然广施人间，
> 世人仍旧是蒙昧，
> 反去敬拜偶像。

不过我觉得这首赞美诗能教给我的不多，毕竟我有过一段荒岛上的神奇经历。我想知道，如果小感恩的父母知道他们正在照顾的木偶娃娃曾经是偶像，他们会说些什么。

小感恩也在学习刺绣，花样上有许多玫瑰、鸽子，还有一棵垂柳。上面还有一首赞美诗，我现在仍记得：

> 当我们被美丽、欢乐和激情统治，
> 愚蠢和时尚就会将我们诱惑。
> 哦，别让这些幽灵占据我们的希望，
> 让我们活在青春里，别为年龄羞红了脸。

我认为这是令人沮丧的建议，但是小感恩丝毫也没有把它放在心上。

五岁生日后的一天，小感恩得了重病，高烧不退。我对此知道得很少，只知道她已经昏迷了很多天，她的父亲和母亲使

第九章　第二个与我一起玩的小朋友

用了各种最好的药方，却都无济于事。她的保姆几乎寸步不离，只在她病情越来越严重的时候，偷偷地溜出去请回来一位当地医生。他仔细诊视了大床上的小女孩，摸了摸她的双手和额头，并用他长长的棕色的手在她头上奇怪地绕了几圈。然后他就走了，留给那个老女人一些草药，并指示她如何服用。显然，她知道小感恩的父母不认同当地的医术，因为这一切她都是偷偷做的，所以她是如何按照指示煎草药的，我到现在都不知道。无论如何，她下决心要挽救女孩的性命。我亲眼看见她趁女孩的妈妈离开病房的工夫悄悄溜进来，并喂她服了药。

我不知道是当地的草药，还是家庭药箱中的药，或是小感恩自己的意志力起了作用，也许是以上三种一起发挥了效力，她终于起来了，能够走动了，虽然远不如生病之前那般生气勃勃。所以她的父亲和母亲商量后做出了决定，是时候送她回美国了。

"这里的气候不适合孩子。"一天晚上她睡着后他们说。我就坐在靠近她的床头的灯架上，从那儿我可以听清楚他们的对话。"只要一有机会，我们就该下决心送她回费城。"

我以前听说过费城，在那儿住着小感恩的外祖父母。他们还从未见过外孙女，在每一封信里，他们都会恳求将她送回去，让她在她母亲出生和长大的老房子里生活。

"是的，"她的父亲和母亲承认，"现在这样的环境对孩子的成长没有益处。尽管我们会非常想念她，但她必须走。"

我们真的要走了,临行前好一阵喧闹和准备。然后,将在漫长的旅途中照顾小感恩的朋友们传来了出发的消息,我们立即打理好行装,乘坐一辆牛车出发了。我们在牛车上翻山越岭,之后又换乘了一艘渡船,才终于又回到了低海拔地区。我之前竟不知道印度舞蛇人带着我走了那么遥远的路,尽管当时看起来已经够远了。我发现自己再一次置身于孟买拥挤的街头,并将再一次成为远洋帆船的乘客,当然是返乡的帆船。

小感恩与父母的告别还是非常令人伤感的。他们很可能在未来的五年多都见不到她,所以当目送她跟随其他传教站的女士们一同离开时,他们已潸然泪下。小感恩在上船前就发现那是两位中年女士,她们还不习惯照顾孩子。我们乘坐的是艘名为"彩虹"号的豪华快速帆船。她们对小感恩的照料就是听她早晚两次念诵祷文,看着她早餐的时候吃麦片粥。一路上都非常好,不过小感恩有了很多机会调皮捣蛋。几个星期过后,连她的父母可能都认不出她来了。她就像菲比·普雷布尔一样,在船上到处乱跑。她浅黄色的头发,通常像缎子一样光滑地垂在脑后,而现在被风吹得在肩上乱舞。她的脸上长出了很多雀斑,长裤和衬裙上的褶饰也已经破烂不堪了。如果那两位女士想要管束一下,小感恩就像松鼠一样灵敏地逃脱掉,并迅速地消失在她们的视野之外。所以最后她们放弃了,让她我行我素。

她也交了很多船员朋友,不过这艘船的船长不喜欢和小朋

第九章 第二个与我一起玩的小朋友

友以及乘客交往。这些我很少或根本就没看到，因为我大多时间待在小感恩和其中一位女传教士共享的闷热的客舱中。不过，我能看到蓝色的海水，听到各种熟悉的声音——绳索间呼呼的风声，以及水手们拉帆时的号子声。我知道，我们每天都距离我认为是家的海岸更近了，尽管我离开家的时间比在家的时间长得多。

我们的航行一路畅通无阻，很快就可到达目的地了。一天清晨，我们看到了卡罗莱纳州的海岸线，之后我们在到达目的地之前的沿岸码头停泊了一两次，卸掉了运载的货物。

我对费城的回忆开始于那天清晨，小感恩的外公将我们接回他家，一路乘车穿过费城令人愉快的砖砌街道。那是四月的一天，阳光明媚，一对骏马的铁蹄轻快地敲击着路面，发出咔嗒咔嗒声，几乎每一家门外都有一位女仆在清洗台阶或擦拭大门的铜把手。路边的树木冒出了绿芽，不时传来商人们拉起店铺百叶窗的声音。看到这样的场景，看到我们经过的教堂尖顶上镀金的风向标，我高兴得真想大声喊出来。我又一次来到了熟悉的土地上，自从与普雷布尔家分离以后，这是我感到最快乐的时刻。

小感恩和我很快就成了这栋白色砖房里的焦点，门前三级低矮的台阶直接通向人行道。房子坐落在基督信徒街，所以我一点儿也不奇怪这家的女儿会成为一名传教士。房子里面比普雷布尔家装饰得精心，虽然不够宽敞。壁炉很小，狭小的房间

装有精致的玻璃灯,灯下面悬挂着水晶球。所有的家具看上去都非常漂亮、庄重,好像很多年没有孩子用过,事实也确是如此。

小感恩的外祖母是一位头发花白、面颊粉红、双手布满皱纹的老太太。她身穿黑纱,走起路来沙沙作响,头戴蕾丝帽,忙碌起来时长长的褶皱饰带就会分到两侧。那一天,她好一阵忙乱,对于外孙女的可怜行头她时而不住地摇头,时而发出轻微的叹息声。

"亲爱的,亲爱的,"她向丈夫叹息道,"就跟我说的一样——印度不是抚养孩子的地方。但是比我预期的还要糟糕。这个可怜的孩子连一件像样的衣服都没有,一想到我的外孙女竟会穿成这样我就心痛。"

"亲爱的,你明天就去买所有她需要的面料,"老人向她保证,"你能找到的最好的东西,而且直接找个女裁缝来。我想让她装扮得和费城其他小女孩一样。感恩女士,这样可以吗?"

但是她的外祖母又摇了摇头。

"是要给她做很多衣服,"她说,"不过那要几个星期的时间,我想她明天应该去参加普赖斯家的聚会。"

小感恩很兴奋,因为这是她第一次参加聚会,也是我的第一次。上午她的外祖母带着我们去购物,那么多精美的商店令我目眩神迷。在那个年代,成衣还没有发明出来。如果没有一位灵巧的裁缝为不同的家庭成员量体裁衣,那真的是一场灾难。

"你该有一条玫瑰花腰带和一双新便鞋。"小感恩的外祖母坚定地说。

便鞋是上好的摩洛哥山羊皮做的,在踝关节处用缎带系住。新腰带大大地改善了她那件印度套裙,当她把头发梳理得光滑整齐,佩戴上她妈妈儿时戴过的蓝色珐琅盒式吊坠时,外祖母说她可以去参加聚会了,尽管这还没达到她所希望的样子。最后时刻,小感恩找到了一小块剪下的腰带,给我围成了围巾,并尽可能露出我的珊瑚珠。这样我们就出发去参加聚会了。

普赖斯家只有几户之隔,很快我们就置身于另一座狭小的砖房。一个身材高大的女人热情地迎接了我们,还亲吻了小朋友。

然后我们被引向一间非常大的房间,那里全是穿着蓬蓬裙,系着艳丽腰带的小女孩。她们明亮的蝴蝶结,蓬蓬裙上浆得硬硬的绉裥,蕾丝长裤和闪亮卷曲的头发,使她们看上去就像一群热带蝴蝶。我对眼前的一切着了迷,根本没料到她们的举止并不像外表那么迷人。真的,我被那次聚会所震惊,从那以后对人类的天性不再怀有同样的信任。因为成人们离开之后,小女孩们很快聚拢在我们周围,开始对小感恩和我的装扮评头论足。她们窃笑着,那绝不是善意的方式。也许她们并不是真正想伤害我们,但毫无疑问,她们没有让我们感到快乐。

"如果那就是印度的着装方式,我以后绝对不会去那里。"

一位身着条格麻纱的年轻小姐无礼地说。

"你怎么长了这么多的雀斑?"另一个女孩一边粗鲁地盯着小感恩一边问,"还有啊,你为什么不在裙子上面戴上蝴蝶结和绉裥?"

小感恩可是幻想自己在每一个细节都是完美的呀!聚会变成了痛苦的折磨,我只能为她感到难过。她继续回看着她们,好像她们是奇怪的野兽,而她掉入了她们的魔爪。过了一会儿,当她们看到我,转而嘲笑我的装扮的时候,我甚至感到放心了。"至少我能帮帮她。"我想,"等我们回到家,她会感激我的。"

那些孩子说我的坏话!即使是现在复述这些,也会深深地刺痛我,没有一丝的安慰。如果我不是一个有点儿经历和自信的娃娃,我都会怀疑我能否挺过那半个小时的批评。按照那些小女孩的话,我是个"又丑又老的东西"、"十足的丑陋家伙",我看上去就像"从壁龛中来的"。

但伤害我最深的是一位年轻女士的话,她说我看上去像是从垃圾堆里掏出来的小猫。当然,我不能否认我在太平洋、在火海,还有热带小岛上的那些经历对我外观的影响。但我没想到她们会这么直白地侮辱我。我知道我的肤色有些难看,但是那时其他人的肤色也不好看。无论如何,这个评价还是深深地刺痛了我,尽管没有人能从我的脸上看出来。我的表情永远是愉快的,但我的内心始终坚持自我。

那些小女孩现在开始拿出了她们自己的娃娃,而我必须承

认,在她们中间我的确不够光彩夺目。首先,我的身材妨碍了我,因为她们全都拥有更加高挑的身材,而且有许多还有美丽的釉面瓷头。甚至还有一些精致的蜡美人,她们拥有真正的头发和大大的玻璃眼睛。我是这座房子里唯一的木头娃娃,在装扮朴素的我旁边,她们即使穿着再简单,看上去也像是公主。我想,要是小感恩能向她们展示更多的珊瑚,也许颜面能够挽回一些,但是她唯一的想法就是带着我尽快离开众人的视线。

终于,孩子们被召唤到楼上的餐厅用餐。所有的娃娃都被急匆匆地堆放在火炉旁边的一张大沙发上。我发觉自己的一边是一位瓷娃娃女士,另一边是一位眩目高挑的蜡美人。我的姿势很难受。我们之间没有手势交流,但我感觉到她们的眼神中流露出对我的不喜欢。

"尽管如此,美丽并不是世界的全部。"我告诉自己。

就在那一刻,我不由得感到一股巨大的力量,我决心尽力做到最好,无论发生什么事情,也不让小感恩为我感到羞愧。啊,我根本没有想到当她与其他小朋友一同坐在长桌旁时,她的小脑袋里在酝酿着什么诡计!

现在整段故事中最令人难以置信的部分发生了。讲述它我会很痛苦,可又必须讲出来。

当燃着蜡烛的生日蛋糕被捧进餐厅的时候,所有的小朋友都从各自的位子上聚拢过来吹蜡烛,小感恩却悄悄地从房间里溜了出来。一眨眼的工夫她就跑了进来,来到了堆放娃娃的沙发旁边。我以为她是来取我和她一起分享欢乐的。但不是，真的，完全不同的想法占据了她的脑袋！

在我明白发生了什么之前，她已经飞快地抓起了我，并使出浑身力气将我完完全全塞进了沙发靠背、扶手和坐垫之间狭小的空隙里。对于那个空隙来说我真的是太大了，但她已经决定了，她强行将我推出她的视线。沙发是用马鬃做的，当我被硬塞进去的时候重重地刮伤了。如果我不是用结实的花楸木而是用其他任何材料做成的，我确信自己现在已经一分为二了，但我不知怎么挺过来了。坐垫的边缘，有一个稍稍大点儿的空间，那是沙发架和坐垫间的一个小角儿，正好够一只老鼠建起自己的家。

我绝望地躺在那儿，恍惚中听到小感恩飞快地跑回餐厅。我曾想，当事情已经到了最坏的地步，我已经承受了那么多的批评之后，她不可能遗弃我。事实上，意识到你爱惜的人以你为耻是一件痛苦的事情。我想，在我的一生中，再没有比当时的恍然大悟更让我感到难过的了。即使后来，当所有的孩子都来取回自己的娃娃回家的时候，即使我听到她们为我漂亮的邻居——蜡美人的脸因为离火太近开始融化而难过，我也没有从中感到丝毫的快意，在这之前我是一定会为此而高兴的。在这种情形下，所有的娃娃都会感到可悲的。

第十章　我获救了，还听到了阿德琳娜·帕蒂的歌声

我不知道自己在马鬃里待了多久，但是在我离开那个狭窄的居所之后，我一直说，一个人是能够适应任何环境的。当然，一直躺在那个狭小的空间里我已经累了，当我被粗鲁地塞进沙发缝儿里时，我的腿是弯曲在自己的身上的，但是较之我所承受的耻辱，这点儿身体上的不适并没有那么难以忍受。

生日聚会后不久，这个沙发就被抬上了阁楼，好给新的红木织锦沙发腾位置。我从自己的藏身之地听到了一段长长的对话，其实我只想他们能把这个旧沙发重新装饰一下，这样我就能被救出来了。不过相反，我感到被两个男人扛上了肩膀，爬了好几段楼梯。那之后我就几乎没有从千篇一律的日子里解脱出来的机会了。飞蛾和偶尔一只不停啃啮的老鼠成了我唯一的客人，而且就连它们也很快被坚硬的马鬃挫败了。

生命中这段难堪的岁月给了我充裕的时间回忆。我感觉小感恩从那些赞美诗、《圣经》和其他宗教教育中并没有获益良多，否则她不会刚刚受到批评就将我抛弃了。我相信她已经把

第十章 我获救了，还听到了阿德琳娜·帕蒂的歌声

我不见了的事情解释过去了，而她善良的外祖父母也已经为她买了她向往的第一个蜡娃娃。

"尊严一文不值，"在窄缝的灰尘与不适中我叹息着，"对于我们这种不能保持肤色的人来说，这是一个艰难的世界。"

所以我劝自己，有时通过默诵记得的赞美诗和《圣经》，尤其是那些描述人类感情易变的诗句，努力自我安慰。

在马鬃沙发里生活的岁月中，我有着充裕的时间安慰自己，因为当我最终被人从藏身之地发现时，我看到当年过生日的小女孩如今已经长大嫁人。我现在属于她的一个堂妹。我很高兴，与那些她早就拥有的布娃娃和瓷娃娃相比，她更喜欢我。

我是这样被解救出来的：每次锡屋顶上暴雨如注时，会有一群小朋友来到阁楼上。我总是盼望着那样的日子，盼望着听到声音，听到他们大笑，听到他们聊天，虽然晚饭铃声响起他们匆匆奔下楼梯后，我总是会感到更加寂寞。一天，来了比往常更多的小朋友，男孩子和女孩子都有。

"让我们在沙发上玩小火车吧。"其中一个建议道，很快大家全都蜂拥而上。

那时候我还不知道什么是火车，后来当我再次融入外面的世界后很快就知道了，因为它们在各处都取代了公共马车。哦，那群孩子尽情欢笑，简直就像轰鸣的蒸汽发动机一样吵闹。他们在我的上面蹦蹦跳跳，小脚不停地碰撞着沙发架，直到我希望我们全都随着沙发一起摔倒。但是这个旧沙发就像是用花楸

木做成的似的,非常牢固。我希望沙发倒塌,那样我就可以被释放出来,即使会有粉身碎骨的危险。就在那时,我感到一只手伸入了缝隙,来到了我的身边。想象一下,我当时是多么担心那些手指在触碰到我之前就抽走啊!但最终,那只手环绕在了我的腰际。

我知道的下一件事是,所有的小朋友都将脸凑向我,极其好奇地打量我,触摸我。

"啊,是个娃娃!"他们喊道,"奇怪的木头娃娃!你们想她是怎么掉进旧沙发的缝隙里的呀?"

他们带着我一起下了楼,将我展示给这个家里的每一个成年人。但是没有一个人能够想得起来我是怎么来的,而那个可能在她的生日聚会上记得我的年纪最大的表姐,已经移居堪萨斯州了,那个地方我以前从未听说过。

就这样,我被克拉丽莎·普莱斯收养了,在她的呵护下我度过了几年最愉快的时光。对我而言,这段时光少了很多冒险,却令我学会了更多对今后有益的东西。确实,要是我没有作为书童跟她一起到街角的乡村学堂读书,我现在还不会拿笔,也不会写下这些经历。

克拉丽莎是一个安静的小朋友,比我之前的主人略微年长,在我被找到后不久她便庆祝了十岁生日。她是一个身体纤弱的女孩,不像她的兄弟姐妹和街对面的堂兄弟姐妹那样经常去游戏、蹦跳。她有一张不大爱笑的小脸,尖尖的下巴,灰色的眼睛，还有最柔软的棕色头发，很少像其他小朋友的头发那样凌乱。她的双手非常柔软，比我之前的其他小主人更精于针线活。这是件好事儿，因为我从未缺少衣服。从她找到我的那天起，她就开始为我缝补衣服，所以她很快就发现了我的无袖衬衫和名字。

"你一定经常被大家夸奖，希蒂，佩戴珊瑚珠，名字还用十字绣绣在衣服上。"她说。

听到她称呼"你"，我感到很高兴，因为我知道这意味着我不再是个外人，而是普莱斯家真正的一员。克拉丽莎的妈妈对我佩戴珊瑚珠表示了些许疑虑。她本人穿着素色的衣服，不赞成佩戴任何珠宝和饰品。然而，当克拉丽莎恳求她让我戴着珊瑚珠，而且她也看到我戴上它确实很漂亮后，就决定继续让我戴着，不过条件是克拉丽莎不能老看珊瑚珠。好在我的脖子足够长，不会让珊瑚珠太醒目。克拉丽莎对妈妈的要求执行得非常认真，虽然她经常抬眼看看珊瑚珠，以确定它还在。而她自己从不被允许佩戴吊坠，穿鲜艳的衣服。

不过，虽然我的衣服不够艳丽，但至少我拥有了两套衣服可以换着穿。其中一套在浅黄色印花布上绣着棕色的嫩枝，是每个星期的其他六天穿的；另一套是浅灰色丝绸质地，前面配有白色的三角形披肩，还有素色细麻帽，这是为每个星期的第一天准备的，这一天被普莱斯家称作星期天。

"现在她看上去像个真正的朋友了。"当我终于穿戴上星期

天的衣服时克拉丽莎说。

"是的。"普莱斯太太赞同地说,"我希望她能被圣灵感化而在宗教集会上发言,尽管你不能把她带到那儿去。"

这时,我意识到人们关于娃娃不能进教堂的观点仍然没有改变,虽然他们在其他方面有了变化——比如出行的方式,穿着的时尚。当我靠在克拉丽莎的怀中在街上穿梭,或者从临街的大窗台眺望路人时,我注意到在这方面发生了很多变化。裙子比以前更加宽大。现在裙子里面装了钢圈,能够使它们在各个方向看上去都挺拔、漂亮,而腰身则特别紧,我很好奇那些女士究竟是如何呼吸的。克拉丽莎的姐姐露丝曾经看着这些精致的套装叹息,希望自己不是出生在一个贵格派教徒的家中。那个时候她是一个十八岁的美丽女孩,黑眼睛,黑头发,粉红的脸颊,但却远离这个世界的浮华。

露丝非常善良,她收集丝绸和棉布的碎料,帮助克拉丽莎为我将它们缝制起来。事实上,娃娃屋就是她的主意,因为是她发现了阁楼上的木盒子,将它清理干净,展示给大家如何把它变成我的可爱居室。克拉丽莎为它着了迷,很快将它的各个面糊上纸,还找到一个更小的盒子给我当长凳。一个来家里玩的表姐为她买了一张带盖子的小桌子,盖子掀起来的时候就跟克拉丽莎在小乡村学堂里的书桌一样。我现在能坐在自己的长凳上,前面就是自己的书桌,以至于全世界都以为我在学习。真的,克拉丽莎为我裁了一沓邮票大小的白纸,她的哥哥威尔

第十章 我获救了，还听到了阿德琳娜·帕蒂的歌声

用邻居家鹦鹉的羽毛为我制了一支羽毛笔。那是明亮的绿色，还伴有一点儿深红色，我真担心普莱斯太太会认为那对一个娃娃来说太过俗丽。不过，我想她不会反对，因为那只鹦鹉天生就是这个颜色。

"自然不需要改进。"她曾经说过，这让我很好奇，她会如何看待海岛上的野人。

就这样，我在自己配备了适宜的家具的小房间里，度过了很多快乐且勤奋的日子。后来在那年冬天，我还得到了一块比例合适的编结地毯和一只恰好能够放在上面的小瓷狗。

然而，我有点儿得意忘形了，因为在我从阁楼里出来的那个八月到第二年年初发生了很多事情。我想那是在十月下旬，我们听到一些传闻说阿德琳娜·帕蒂要来。所有的人都在谈论她。有人说她有小鸟一样的嗓子，因为她能发出啁啾的颤音，达到难以企及的高音区域。她只是比露丝年龄稍长，却已在纽约引发轰动。这将是她在远渡欧洲为国王和王后们表演前在费城举办的唯一一场演唱会。很快，在学校里，在午后的茶会，甚至在街头巷尾，人们热议的话题之一就是某人是否有幸聆听阿德琳娜·帕蒂的演唱会。

露丝很想去，可是她的父母认为那太过于奢侈、世俗。至于克拉丽莎，她根本就不曾问过父母，因为她是个颇有策略的孩子，她很清楚这样的要求怎样才能被父母接受。但是她时刻都在关注着年轻歌手的所有消息，还从别人给她的报纸上剪下

她的画像贴在我的小屋的墙上。我对十九岁的阿德琳娜·帕蒂的容貌特征非常熟悉，仿佛那些特征就属于我自己。我不能说，我很喜欢那样的容貌，但那时我已知道，她的嗓子才是最重要的，一切都来自她的嗓子。

音乐会那天早上，全费城的人好像都流露出兴奋的好奇，甚至连那些房子似乎也在等待听到音乐会的消息。在学校里，克拉丽莎带着我坐在远处的角落，我在她的书桌盖下什么也听不到，除了几个小女孩的窃窃私语。一共只有三个女孩会去听音乐会，很容易就知道是哪三个，因为她们的头发全用卷发纸卷了起来，好为晚上做准备。喋喋不休，喋喋不休，还是喋喋不休，课间休息和课上躲在书本后面的窃窃私语全都是关于音乐会的，直到那天学校放学。

回家的路上，一个男孩和我们同行，他走在克拉丽莎的旁边，像通常那样帮她拿着书本。他是德国裔，长着一张圆脸，就住在不远的地方。他叫保罗·施耐德，我一直很喜欢他，尽管在学校里一些女孩取笑他破旧的衣服和缓慢的外国腔调。他的父亲在另一条街道上开了一家面包店。由于这个原因，很多人都不愿意与他同行。

"你想去音乐会吗？"我意外地听到他问她，"你想听阿德琳娜·帕蒂唱歌吗？"

我简直不敢相信自己的耳朵。是的，我听到克拉丽莎说，她非常想去，但她不能去。

"但是你可以,"他对她说,圆圆的脸上露出满意的笑容,"我能带你一起去。"

我感到克拉丽莎微微颤抖了一下。

"但是你怎么能办到呢?"她不相信地问,"那要花很多钱,而且所有的票几个星期前就卖光了。"

"我不需要票,"他告诉她,"因为我的叔叔汉斯在那里吹长笛,他能带我们从工作人员的通道进去。我经常跟他去。"

可怜的克拉丽莎这个时候已经浑身颤抖了。我知道她的脑袋里在想些什么。当她从保罗那儿听到更详细的计划时,她的两颊泛起了丝丝红晕。我跟她都记得,今天晚上爸爸和妈妈要去亲戚家吃晚餐。他们很晚才会回来。她只要让他们觉得她在房间里已经睡着了,然后在他们走后偷偷地溜出家,在街角与保罗碰面就可以了。他给她讲得越开心,她就越难以拒绝这个计划。我想这一定是因为她平时是那么乖巧听话的一个孩子,所以一旦受到引诱,就更加难以抵制。所以她许诺会在约定的时间跟他和他叔叔一起去。

那天整个下午我都在凝视阿德琳娜·帕蒂的画像,猜想克拉丽莎是否带着我一起去。当她在晚饭前目送父母离开后进来时,她的脸色绯红,瞳孔又大又黑,我知道她要履行和保罗·施耐德的约定了。现在,我感到全身袭来一丝犯罪感,因为我看到她将我的衣服从箱子里取了出来。她为我脱去了印花布,穿上了丝绸。白色的细麻微微刮伤了我的脖子,但我愿意,

第十章　我获救了，还听到了阿德琳娜·帕蒂的歌声

因为我想让自己看起来更漂亮。当我感到她把我的珊瑚珠摘下时，我很高兴，那样非常符合她妈妈的标准。

晚饭时，露丝一直在催促小朋友们，因为她被要求在晚上会见友人之前看着他们上床睡觉。现在她已经放弃了去音乐会的念头，并且决定在其他地方玩乐。因此她催促威尔去看书，催促小男孩们上床睡觉。

"你今晚九点必须睡觉，"她对克拉丽莎说，"但注意，要把衣服叠好了，整齐地放在椅子上。"

还没等到答复她就走了，她一转过街角，克拉丽莎就飞快地回到了自己的房间。她将我放在她的衣橱里，然后用她那颤抖却敏捷的双手拿出她最好的灰色羊毛裙，迅速地穿上。她最好的长裤和有十字缎带的便鞋看上去也很搭配。最后，在一阵冲动之下，她跑进了姐姐的房间，从上面的抽屉中拿了一条蓝色的绸缎束腰。那是别人送给露丝的礼物，她自己都很少佩戴。所有这一切就发生在一瞬间，没有一点儿声响。当十一月的夜幕降临之时。她已经穿戴整齐，身披斗篷，戴着头巾从边门悄悄地溜了出来。而在斗篷里的我也要去听阿德琳娜·帕蒂唱歌了。没有人看到我们走，仆人们都在厨房里忙碌着，威尔在专心地学着拉丁语，两个小男孩在楼上正沉迷于游戏，要是大人在的话，那是不被允许的。

那是一个寒冷的深秋之夜。点灯人早已巡逻过多遍，所有的街灯就像高高的幽灵贴在灯柱上。我能感觉到在克拉丽莎飞

奔过那些熟悉的房子时,她的心跳比以前快很多,她的呼吸非常急促。我确信她在想,某位邻居可能会叫住她,询问她这个时候一个人要去哪儿。但是没有人那样做。所有的邻居不是在吃晚饭,就是他们自己也在准备去音乐会。

保罗和他的叔叔汉斯已经等候在下一个路口了。保罗披上了父亲的格子呢披肩,与他平时看起来大不一样。他和克拉丽莎牵着手,匆匆地走在汉斯叔叔的旁边。汉斯叔叔很胖,穿了厚厚的大衣显得更加胖。他腋下小心地夹着一个黑皮盒子。保罗解释说,那是他的长笛,当他进入大厅时会将它们拼接上。克拉丽莎不得不小跑着跟上,她的斗篷被吹得乱飞,这给了我机会看到周围的一切。两个孩子根本不能讲话,因为他们需要全力以赴才能赶上汉斯叔叔的脚步。显然,他们有点晚了,他担心如果所有的乐手都先于他们到达,那么两个孩子将很难进去。终于,我们转到了一条停满各式马车的街上。那儿灯光璀璨,人头攒动,几扇大门前不时发生骚动。

"唉!"汉斯叔叔低声说,"人真多啊,距离开场还有一个小时呢。"

他让两个孩子紧抓住他的衣尾,然后照他说的做。他们跟着他来到一条走廊的小门前。这个门口当然也挤满了人,汉斯叔叔用德语和门前的人打着招呼。他们中的大多数人都带着笨重的乐器,我们费了很大的力气才挤过那个身背低音提琴的人。最后我们终于进来了,站在了他们称作"侧翼"的开阔空间里,

第十章 我获救了，还听到了阿德琳娜·帕蒂的歌声

虽然我没有看出取这个名字的原因。汉斯叔叔和一个叫作奥雷的人说起了话，后者看上去像是负责人，一番交谈之后，他向克拉丽莎和保罗点头，示意他们过去。

"我会照顾你们两个的，"他说，"你们什么都不会错过。"

演奏师们全都坐在我后来才发现的舞台的外面，当帷幕落下时我看不到舞台。现在他们将乐器全都拿了出来，边聊天，边翻乐谱、调音。我们在远处看到汉斯叔叔将长笛放在唇边。保罗认识很多演奏师，他告诉克拉丽莎他们都是谁，但是噪音太大，我听不清他的话。克拉丽莎看上去已经完全融入了晚会的欢乐之中。我记得只有一次，她对去了音乐会感到内疚，之后她就提醒自己和我，她没有像露丝那样请求妈妈让她去听阿德琳娜·帕蒂唱歌。

"所以我当然不算不听话了。"她大声说。

保罗·施耐德正忙着告诉她当幕布开启时，会有多少盏灯在另一侧亮起，而很快我们的身边就充满了惊奇，令我们无暇顾及其他。其他的人都等在旁边，我们的朋友奥雷兑现了自己的承诺。他始终站在我们旁边，不让任何人挤到我们的前面来。现在我们听到了幕后嘈杂的声音。

"今晚的观众真多。"他告诉我们说，"我想这个大厅自建成以来，不管怎样，还从未接待过这么多人。"

哦，演唱会开始的时间终于到了，我们的朋友用力拉着挂在他旁边的几根绳子，幕布在演奏师的另一侧分开了。灯光比

保罗描述的还要耀眼,枝形吊灯的水晶球折射出彩虹的颜色,成百上千张面孔被照亮,像是六月里一片广阔的雏菊地。上面楼层的座位里挤满了人,看上去再没有一寸空地。大厅里一直窸窣声不断,私语声不停。克拉丽莎抱怨太热,奥雷帮她脱下了斗篷,帮保罗脱下了格子呢披肩,把它们放到一把高凳子上。然后他把克拉丽莎抱到了那张高凳子上。她紧紧地抱着我,当大厅里音乐声响起,我们的四周回荡着音乐之时,我们能清楚地看到演奏师们俯首拨弄着乐器。

坦率地讲,我不是一个音乐爱好者,而且我也没有那样的幸运投身于音乐圈,但我永远也不会忘记那一晚,不会忘记从身穿精致褶边礼服的瘦小的黑眼睛女孩的唇间发出的美妙声音。我们看到她被领出化妆间,观众们将她围得水泄不通,一个胸前佩戴了很多条金项链、身材粗壮的男人不得不将人们推开,给她开出一条路。然后他同她一起走上舞台,护送她站到演奏师中间的平台上。当她走上舞台时,他们正在演奏,但观众们一看到她,就发出了震耳欲聋的掌声、欢呼声和跺脚声,以致没有人听到他们在演奏,除了能看到他们的手指上下拨弄着琴弦或者长笛上的小孔,或者看到琴弓来回飞舞,从顶部发出瞬间的闪光。

我必须承认,对我而言,没有音乐能与那只瑞士音乐盒相比;而且,我坚持认为,没有人比阿德琳娜·帕蒂那晚在费城唱得更动听。她看上去根本就没有注意到台下的观众。她站在

第十章 我获救了,还听到了阿德琳娜·帕蒂的歌声

演奏师中间的一个平台上,当有人热情地向她脚下抛掷玫瑰时,她平静地俯身拾起玫瑰,仿佛置身于观众的注视之外。然后她开始演唱了。

"她是来自天堂的天使,她是可爱的小鸽子。"当第一段歌曲唱完,站在我们身后的一个德裔老妇人呜咽着说。

但那完全不是我对阿德琳娜·帕蒂的观点。依我看来,她更像一只画眉或者百灵鸟。在一首歌里,她确实伪装成一只百灵鸟。那里面充满了各种各样的颤音和叽喳鸣叫,有时她还能发出刚刚唱过的音的回声。那首歌唱完后,人们几近疯狂。她应观众的要求几次加演,最后演奏师们不得不停了下来,因为观众一直向她投掷鲜花,现在鲜花太多了,她已捡拾不及。此外,当人们鼓掌、欢呼、围拢过来看她时,她必须不停地鞠躬致谢,不停地微笑致意。他们越压越近,直到已经站到了台上。

不知什么时候,克拉丽莎也从凳子上下来了,此后就不得不随着人群移动。当我们被人群推来挤去的时候,她设法一直紧跟着保罗,并紧紧地抱住我。克拉丽莎看上去已经不像她自己了,她的双颊绯红,双眼炯炯有神,棕色的头发在双肩上摇来荡去。她的双手很热,抱紧我的地方,细麻披肩已经变得软垂。我们依然随着其他人移动,直到我们自己也站在了大舞台上,站在了灯光下,能清楚地看到下面每一张仰望着的面孔。

我不知道我们是怎么走了这么远的,不过我突然发现我们就在歌手站的平台旁边。演奏师和闪闪发光的乐器环绕着我们。

我还记得,当我看到提琴的弓不是用我一直以为的鲸须制成时,我十分惊讶。紧接着我发现,我们也站在了平台上面!

但不是整个人群,而是只有克拉丽莎和我。我想,一定是有一个演奏师把她抱到了大歌手的旁边。如果不是发生得太突然,我一定会感到紧张的。事实上,我对发生的一切充满了兴趣。还有如此汹涌的欢呼声和掌声!现在我们距离阿德琳娜·帕蒂如此之近,我能够看清楚,她跟画上长得很像,而且她比克拉丽莎高不了多少。她乌黑的头发用彩色的缎带精巧地编了起来,模仿某种外国复古式样反复交叉盘在头顶,她的眼睛像雨后的黑莓闪闪发亮。她愉快地向我们微笑,向克拉丽莎伸出一只手。当时我恰好在距离帕蒂较近的那只手里,而克拉丽莎太激动了,她没有想到要把我移到另一只手里。我想她一定是突然被所有注视着我们的目光震慑住了。不过她最终还是把我换到了另一只手里,并在众人的欢呼声中和雨点般的鲜花抛撒中,将手伸给了帕蒂。

接下来发生的事情在我的意识里已经乱作一团。阿德琳娜·帕蒂被从众人包围中带走,人们还是蜂拥追逐着她,渴望靠近一睹她的芳容,或者是准备撕下她礼服的褶边。没有地方给虚弱的十岁小女孩和像我一般大小的娃娃,有几分钟我都在想我们究竟能否穿过这拥挤的人潮。我们就好像陷入了密不透风的丝绸、缎子和圈环裙的丛林之中,克拉丽莎已经完全找不到保罗了。那么多庞大的身躯挤压着她,令她几乎难以呼吸。

第十章 我获救了,还听到了阿德琳娜·帕蒂的歌声

我开始担心她会窒息,因为我能感觉到她在奋力呼吸,她需要奥雷和汉斯叔叔的帮助。而我则随时有可能从她的手中掉落,被无数双脚践踏。我们好像在那儿待了很久,但我想应该不到十分钟,奥雷就发现了我们,并把我们拖到安全的地方,在那儿克拉丽莎又能够呼吸了。

"当人们失去理智的时候,是没有孩子们待的地方的。"他将我们抱到一个小门里时说。就在那时,人们听说帕蒂现在要出去乘坐四轮马车,就蜂拥而去了。

克拉丽莎的斗篷、披巾和保罗的围巾都找不到了。汉斯叔叔用一条大的羊毛围巾将克拉丽莎尽可能包裹严实后,我们就动身回家了。

"哦,"我们到达街角时,汉斯叔叔说,"我想,你不会忘记帕蒂的演唱会的。"

克拉丽莎已经筋疲力尽了,颤抖着简短地道了谢,就告别了。她刚要拐入自家的边门,就听到台阶上有人说话,她的爸爸妈妈正急着出去找她。

"哦,妈妈,"我听到克拉丽莎说道,"你要是听到我和希蒂刚刚去了哪儿,就一定不会让我们进去的。"

然后她就哭了起来,她的牙齿一直在打战,说话断断续续。但好像她的爸爸妈妈已经知道她去了演唱会。巧合的是,他们和共进晚餐的亲戚也去了演唱会。显然,他们的夜晚与我们一样充满了惊奇——最大的惊奇是他们看到自己的女儿出现在了

舞台上,而旁边就是著名的女歌手。第二天,我听到普莱斯太太给邻居讲述了这一切,还读了一段报纸上的文章,那上面说克拉丽莎作为"贵格派小少女"成了演出的一部分。

"要是知道克拉丽莎在那群疯狂的观众中间,我肯定连帕蒂唱的一个音符都听不进去,"她继续说,"而且你可以想象,当我们看到她走上舞台身披所有灯光时,她父亲和我的感受。他设法去找她,可是没有人能穿越人群。"

"如果她是我女儿,"邻居说,她是一个脾气暴躁的寡妇,街上的男孩和女孩都不喜欢她,"除了帕蒂,我会再给她一些东西,让她记住这个晚上是怎样度过的。"

我明白她的意思,普莱斯太太也明白。但是,她觉得克拉丽莎已经够不安的了,所以一直安慰她,几天来都陪她一起入睡,以免她着凉感冒,还帮她缝补她最好的裙子和露丝的腰带。至于棕色的斗篷和披肩,就再也找不到了,尽管汉斯叔叔和奥雷已经到处都找遍了。

第十一章　我照了一张银版相片
　　　　　并遇见了一位诗人

　　那段时间里，有两件事我记得特别清楚。第一件是克拉丽莎的爷爷认为该给她照一张银版相片。达盖尔银版法是那时代很时髦的一种照相技术，直到今天我依然对它有种特殊的爱。照相机底下放着玻璃底版，拍完后的版子适当上色，安置在带有红丝绒里衬和金箔镶边的黑色小肖像盒中。露丝在她十八岁生日那天拍了相片，毫无疑问，如果爷爷不提，那么克拉丽莎肯定也要等到她的十八岁生日才行。克拉丽莎的相貌酷似爷爷一个去世很久的妹妹，也叫这个名字，因此老人家的心里不免更疼爱她些。他还有一个她少女时代的小肖像吊坠，周日我们去他的大房子聚餐的时候，他经常把小肖像吊坠拿给我们瞧。所以，爷爷希望克拉丽莎也在同一岁上照一张相片。

　　那天，克拉丽莎穿上了她最好的衣服——棕色的开司米（那件灰色的羊毛裙在帕蒂音乐会之后没能恢复原样），我们一行人去往达盖尔摄像馆。克拉丽莎的爷爷是一位和蔼健谈的老绅士，一路上我们不停遇到他的熟人，好像在太阳下山之前我

们都到不了目的地。尽管如此,我们还是到了摄像馆,摄像师向我们展示他能拍出多少种人物姿态来,而我们就一个接一个地打开银版相片盒子看。

幸运的是,克拉丽莎是一个非常安静的姑娘,她并不介意很长时间直挺挺地坐着一动不动,恨不得连眼皮都不眨。而对于我来说,对着照相机更是小菜一碟了。克拉丽莎用一只手拿着我,然后把她的手放在一张小桌上。在一块猩红色桌布的映衬下,我看上去美极了。几天后我们再去摄像馆的时候,我简直等不及看我们的相片。摄像师想在上色前再见见克拉丽莎,而爷爷则一再叮嘱他千万别把头发和眼睛的形状画错了,也别在脸颊上抹太多粉。

好吧,等到最后相片做出来,你们肯定能想到,当我看到里面根本没有我的时候是一种什么心情。这些相片底版都是我没上场之前的。克拉丽莎失望透了,她怎么都不想要这样的相片。

她一遍又一遍不停地说:"我想要希蒂也在相片上。"

摄像师和她解释了,爷爷也试着劝了,可是都没用。单就相片来说,做得是惟妙惟肖,再来一遍恐怕没有这么逼真的效果。最后,摄像师有了一个主意:"既然这是我的疏忽,"他一边说着,一边用外国人奇怪的样子鞠了一躬,"而先生您的小小姐并不满意,那么可否让我单独邀请娃娃在镜头前坐一下?"

克拉丽莎被打动了,而我差点承受不起这么巨大的荣耀。

第十一章 我照了一张银版相片并遇见了一位诗人

说起来幸亏我那愉快的表情被牢牢定住了,否则恐怕很难在这样的考验下保持不变。摄像师精益求精地做着各项准备,仿佛我是他的一位贵客。遗憾的是,这一回我没有穿上自己最好的那身衣服。但是克拉丽莎在我身边忙来忙去,仔细整理我的裙子,把我脖子上的珠子放在了衣服外面,而摄像师拿来一个插着玫瑰的小壶和几个橙色的小浆果一起放在我身后。这些果子很像花楸树果,我觉得拿它们来当背景是尤为幸运的巧合。

"背景颜色和她黝黑的肤色搭配起来很动人。"摄像师一边从他三脚架上的相机盒子里张望着,一边说,"小姐,请问她怎么称呼?"

克拉丽莎当即说了我的名字,并告诉他我是怎么从马鬃沙发里面冒出来的,还有我去过帕蒂的音乐会听过她唱歌。

"嗯,她可真是名副其实。"摄像师说,"啊,对了,很显然她身上既有性格也有经历。我要好好地把她拍出来。"

接着他把脑袋伸进了黑布里面,并把一张底版塞到了相机盒子里面。

"现在,希蒂小姐,"他的声音从黑布下面传出来,"我希望您保持这个姿势不动,微笑。"

很明显,我比任何坐在镜头前的人更善于配合这个要求。摄像师也肯定了这一点,他告诉克拉丽莎和爷爷,我是他遇到过的最好的客人。

"她的相片和其他的明天一起送到,"摄像师保证道,鞠着

躬和我们作别,"向小姐致以问候。"

摄像师言出必行。第二天晚上,爷爷晚饭后带着一沓相片过来了。我看他乐呵呵的表情就知道他对这些相片非常满意,而所有家庭成员都围过来发表自己的意见。克拉丽莎的相片大家都说和她本人像极了,而我的那张拍得实在太棒,大家互相传看着,装着相片的小盒子被无数次打开又合上,我都担心这盒子熬不过第一个晚上。当我亲眼看到的时候,几乎不敢相信自己的眼睛:相片被做成带着银边的椭圆形,我那浅黄色枝叶花纹的裙子均匀地摊开来,底下露出一两块衬裙的扇形边,手和脚虽然是木头的,也显得栩栩如生,而我脸上的表情,就如同"沿街小贩"多年前在缅因州给我画上的那般愉快。最难得的是,摄像师把小壶里的花点成了粉色,坚果画成青绿和橙黄,而我身上的珊瑚红正合我的心意,色彩亮丽极了。

我常常在想,这张银版相片后来流落到了哪里。如果亨特小姐遇着它,肯定会把它带在身边。在我还没成为古董之前人们就已经开始收藏银版相片,而我那张可算是其中的一件稀罕物。在银版相片中也会有娃娃出现,可通常是和她们的小姐一起。我至今还没听说过有哪个娃娃自己单独有一张相片的。

发生在那段时间的另一件更重要的事是惠蒂尔先生的来访。他是一位诗人。他的名字在普赖斯家中经常出现,因为他不仅是那个时候最有名的贵格会信徒,也是家里的一个朋友。他来访是因为他要在一个大的聚会上朗诵一首反对奴隶制的诗。同

第十一章 我照了一张银版相片并遇见了一位诗人

几乎所有贵格会信徒一样，普赖斯一家都认为南方的黑奴应该获得自由。他们一起读《汤姆叔叔的小屋》这本书，我听着也觉得心里面很不是滋味，尤其是汤姆拒绝鞭打同伴而受了鞭笞那段，以及伊莉莎为了躲避追捕在河面冰块上拼命蹦跳跑脱的场景。的确，这段故事对于克拉丽莎的幼小心灵来说，刺激太大了，以至于她母亲认为小孩不应继续听这个故事，否则晚上总要起来安慰做了噩梦的小姑娘。关于这次聚会到底是怎么回事，到今天我也不是很明白，可我知道这个聚会非常重要，而普赖斯爷爷要在会上把诗人介绍给大家认识。

爷爷希望克拉丽莎能背下一首诗人的作品并向他朗诵出来。但我忍不住觉得或许应该换一首别的什么诗，因为我感觉这首诗的韵律很难掌握。当然，我肯定对此没有发言权，而克拉丽莎就要来背这首题为《告诉蜜蜂》的诗。这首诗的一些章节还挺美的，但我觉得对于一个小姑娘来说它的内容太过感伤，诗中说的是一个男子回到农舍后发现他的爱人已死，而小女佣把所有的蜂巢弄成一个丧服裹在身上唱着歌。尽管如此，克拉丽莎仍尽责地在聚会之前把整首诗一字不落地背了下来。

在二楼窗户边上，克拉丽莎和我看着惠蒂尔先生驱车到来。克拉丽莎的父亲和爷爷领着诗人上楼。我觉得从表面上很难看出他是一位诗人。那天我有幸穿上了那身灰衣裳，当露丝过来把我们带去客厅的时候，不得不承认我浑身起了好几层鸡皮疙瘩。

还好惠蒂尔先生瘦瘦的,也很可亲。他并不像我担心的那样说话咬文嚼字,也跟其他人一样经常微笑,笑容藏在他那浅灰色的大胡子里面。克拉丽莎和他握手之后,立刻把那首"蜜蜂诗"朗诵给他听了。诗人很认真地听着,并在朗诵结束后对克拉丽莎表示感谢。

"你有一副很美妙的嗓子,亲爱的,"诗人说道,"希望你不会在抗议的时候用它。"

正当他们聊着而我感觉自己挺多余的时候,惠蒂尔先生突然注意到了我。克拉丽莎的反应算得上轻车熟路,转眼就去拿我的银版相片,而把我留在了诗人的膝盖上。看到我穿着一身贵格会的衣服,诗人觉得很开心。他非常高兴地拿着我看了一通,他也听克拉丽莎讲了所有关于我的故事。

"希蒂,"他若有所思地跟着念道,"虽说是一个很朴素的名字,但也颇有深意。"

他还说,他从未见过像我这么平静的眉眼。如果不是突然宣布晚餐开始,恐怕诗人还有话要说。

克拉丽莎和我不能去参加聚会,而露丝和威廉可以去。我觉得惠蒂尔先生可能会为此感到遗憾。无论如何,第二天他和我们告别的时候,在克拉丽莎的手上放了一沓折好的稿纸。之后确认这是一首诗,诗人亲手写的,而且写的是我。这首诗的题目,如果我没记错,叫作《写给费城贵格会娃娃的诗句》,诗的头几句是:

第十一章 我照了一张银版相片并遇见了一位诗人

> 这些诗句献给她，
> 只有短短小手丫，
> 安静眉眼着灰裙，
> 赛过时髦靓娃娃。

我挺后悔没把整首诗记下来，连普赖斯夫妇都觉得这诗很棒。他俩把这首诗连同我的相片一起放在客厅。我真想知道这首诗后来怎么样了。恐怕它没有被保存下来，否则不至于在哪里都没有被提到，连惠蒂尔先生的《诗歌全集》都没有收录。

接下来是我时间轴上很诡异的一段，我对这段时间中发生的事印象非常混乱，甚至有点说不清楚。我不太记得是什么时候开始听说士兵、开战以及一个叫作亚伯拉罕·林肯的人发表的演说，他还被人称作总统。我到现在也没搞清究竟是为什么，只知道《汤姆叔叔的小屋》啦、托普西啦、伊娃啦、黑奴猎人啦等等，统统搅和在了一起，普赖斯一家神情更加凝重，参加集会也越来越多。贵格会信徒相信，世界上纵然有什么事，也不该去杀害别人。不过，他们也同意林肯先生坚持说的，北美南部联邦没有权利建立一个独立的政府。

那一天我记得相当清楚，普赖斯老爷爷神色沉重地走了进来，手上的拐杖颤颤巍巍的。

"萨拉，"他在客厅看到了克拉丽莎的妈妈，对她说，"还是

开战了。"

从我待的窗台这儿,我听到爷爷说了这句话,并看到爷爷一边跟她读志愿从军号召书,一边脸颊上淌下了泪水。

从这时开始,整个城里的气氛完全两样了,虽然生活在一个并不鼓励参军的贵格会家庭中,我们还是能清楚地感受到异样的空气。多少次我坐在门前的台阶上,或是同克拉丽莎一起从窗户边看到身穿蓝色军服的士兵成排走过,肩上扛着步枪,背上背着背包,他们的步子整齐得好像车轮的辐条,看得眼睛都花了。

有时候保罗过来,和克拉丽莎并排坐在我们的台阶上,告诉她这些士兵属于哪个连队、从哪里来。有一回他提到了一个名字,把我吓了一跳。

"瞧,"他指着一个旗子上的名字说,"这是缅因第十二步兵团。他们可是从很远很远的地方来的。"

我想起了位于巴斯和波特兰之间的普雷布尔家的那条路,我比任何人都清楚他们的路途究竟有多遥远。露丝对于那些附近来的兵团更感兴趣。很多她认识的年轻人都在兵营中接受训练。她常常给关系好的男孩们织袜子写信。有一个总带笑容的、圆脸蛋的年轻人叫作约翰·诺顿,他把自己第一身军服上的扣子送给了露丝,还有一张相片——很好玩的银版小相片。我注意到这两样东西她都非常爱惜。比起一年前,露丝变得安静和稳重了,毫不奇怪的是没多久我们就知道,露丝答应约翰·诺

第十一章　我照了一张银版相片并遇见了一位诗人

顿在他同麦克莱伦将军打完仗回来后就嫁给他。当露丝不在的时候，她父母就会讨论这件事，说假使小诺顿能活着回来就算是很幸运了。

随着时间流逝，阵亡名单不停被印出，关于战役、军令、军营的消息越来越多，而克拉丽莎对我也不像从前那么关注了。倒不是说她不再喜爱我了，只是跟其他家庭成员那样，她也必须尽她所能帮忙，哪怕是自己之前不会的事情。一些仆人走了，家里有更多织补的活，还有各种家务事要做，每个傍晚家里所有的女人还要聚在一起从棉布中刮扯出布条，为了给伤员们做成绷带。这可不是简单的事，干一小会儿手指就会变得又僵又酸。我在房间一角壁炉架上的小房子里坐着，看着这一切。我没法帮她们忙真是太可惜。我的木头手肯定特别适合干这活，而且不会像克拉丽莎那样容易累着。只是没人想到要让我加入。

现在家里最小的两个男孩成天在院子里玩士兵游戏，也没有人去说他们。威尔声称如果他比现在大上一岁，就立马跑去参军。露丝的双颊也不如从前那么红润了。她一天到晚忙着刮扯布条卷成绷带，等着前线来信。有一天她接到一封信，上面说约翰·诺顿的腿中枪了，伤得很重。克拉丽莎把这件事告诉了保罗和所有邻居的孩子。

"他回来后会用一根木头腿来走路。"保罗这样说。

"没准他根本回不来。"克拉丽莎说，"她把他送的那颗扣子用丝带串起来挂在脖子上，而她睡觉的时候，把他的银版相片

放在枕头底下。那天我看到她放的。"

"对呀,她肯定会这样,"保罗这样讲,"她答应过嫁给他的。"

时间继续流逝,我看着他们一家人忙活,自己只能置身事外。克拉丽莎扔掉了所有的布偶娃娃和瓷娃娃,只留下了我。她说自己已经十二岁了,过了和娃娃玩耍的年纪了。我失去了时间概念,街上传来的军鼓声和横笛声淹没了客厅里钟表的嘀嗒声。

我告诉自己,当这场战争结束的时候,一切都会归回原位。但要说真去相信这一点,我心里明白这不是事实。作为一个有经历的娃娃,我知道一旦发生了变化,那就不可能回到从前。

约翰·诺顿来信了,说自己正在好转,目前在一所南方的医院接受治疗。

"这儿有个小女孩时不时地会带鲜花给我。"他在信中写道,"她只比克拉丽莎小一两岁,她有一个布脑袋娃娃,因为他们家发生枪战的时候,娃娃原来的瓷脑袋被打中了。她叫卡米拉·卡尔洪恩,很喜欢我和她讲克拉丽莎的娃娃希蒂的故事。今天她给我带来一支茉莉花,和我说'把它送给北方的娃娃'。所以我把花夹在信里了。"

这花真的就夹在信纸里,带着几片扁扁的、泛黄的、皱巴巴的叶子。

克拉丽莎一开始看上去不太高兴。

第十一章 / 我照了一张银版相片并遇见了一位诗人

"我可不想她送希蒂什么花。"她说。

"别这么说。"她妈妈跟她讲,"要爱你们的敌人。这很友好,况且你遇到的并没有那个女孩那么可怜。"

而露丝恨不得那时就把我打包送给那个对约翰友善的南方女孩。因为信上并没有明确提到这一点,所以我很庆幸,我可不想处于战火之中。

第十二章　纽约，时装娃娃

　　这应该是内战快结束的时候了，我平生第一次尝到了被樟脑丸包围的感觉。这种感受后来我还经历了许多次。很难说清楚这到底是种什么滋味，不过我觉得和现在挺流行的说法"吸入乙醚"类似。总而言之，当克拉丽莎被送到外地贵格会女子寄宿学校时，我和很多气味浓烈的白色小球被打包放在一起。慢慢地，这味道把我彻底弄晕了，我不知道发生了什么，也不清楚时间过了多久。

　　现在我才知道，我和樟脑丸一起在盒子里至少待了两年。在这两年中，我从费城的普赖斯家搬了出来，连同一些旧家具和零七八碎的东西一起运到了纽约的一个远房亲戚家。那个粗心大意的快递员因为有整整一车厢的东西要送，结果把我所在的那个装着许多丝带绸带的盒子放错了地方。装我的盒子和一些大箱子一起，被送到了华盛顿广场上的一个阁楼里。过了好长一段时间才有人打开这个盒子。

　　我得以重见天日多亏了米利·品奇小姐，她当时的任务是在凡·伦斯勒家待半个月给他们做衣服。那天她正到处翻找蕾丝给伊莎贝拉·凡·伦斯勒小姐做衬裙边，然后就发现了我。

第十二章 纽约，时装娃娃

她并没有把我重新包在里面，或是拿给孩子玩，而是拿着我下楼到了自己房间，并藏在了衣橱的顶层。当时我觉得自己的运气并没有好转，但是晚饭后品奇小姐把我从衣橱里拿出来为我量体裁衣，我就不再这么想了。如今，当我写下这些文字的时候，我还能看到她，那张瘦瘦的、相貌平平的脸，绿色的眼睛视力不好，所以和我凑得很近，嘴里咬着一排大头针，看上去很吓人。她的手指纤细，黄黄的，不久以后我就发现她的手特别巧。

"我要让他们瞧瞧我的手艺。"当周围没其他人的时候她有自言自语的习惯，"等到我把你打扮好了，小姐，他们就知道我和那些从巴黎来的时装设计师一样棒。难道我只配给小姑娘做衬裙，只能做二流货色？好吧，走着瞧。"

说完这番话她就紧紧闭上了嘴巴，我都担心她会把大头针吞下去。过了一阵，我学会了不再为大头针这件事烦恼。品奇小姐在摆弄大头针方面天赋过人，而她的针线活也同样出色。至于说使剪子，我还从未看到第二个人能有这样的技巧。除了普通的那些，她还用特别巨大的剪子。一开始，我觉得自己肯定会被那两片大刀给剪成两半。但我再次逃过一劫，并有了一身崭新的行头，这套装束在我之前生活过的所有家庭看来，都是极不光彩的。

你瞧，我将会是品奇小姐的样品，用来证明她是一个时装设计师，而不仅仅是一个按日计费的女裁缝。她没钱买模特，

所以当我出现的时候,就好像是她的祈祷得到了上帝回应。品奇小姐在我身上很下功夫,我奇怪她在干了一天针线活之后怎么还能有精力这么忙活。不过我觉得她喜欢做出这些小小的褶皱,用大头针别住褶缝,拿巧夺天工的针脚密密缝上,然后一遍又一遍地整理每一个褶皱和碎褶,直到它们完美无瑕。在我俩独处侧卧的那些日子里,她不停地说些奇怪的只言片语,而我逐渐对这家的家庭成员有了一个零散混乱的印象。

"哼。"她会嗤之以鼻地说,"丽丽小姐死活要在巴斯克衫上搭配珍珠母扣子和三排穗带,有必要吗?还说下一次舞会要穿一件塔夫绸,以吸引更多的小伙子。哼哼,我倒是可以和小伙子们聊聊她生气的那个样子,没漂白的棉布给她做衣服都是奢侈。"

还有一回,她一边忙着给我的小衣裳绲边、缝补、造型,一边默默地在那儿发誓诅咒:

"如果哈利小少爷下回再把我的顶针给藏起来,我就立马告诉他妈妈,画室壁炉架上的牧羊女瓷器是怎么给摔碎的。"接着,她特别用力地剪了一刀,"伊莎贝拉小姐自以为有一双大眼睛和一头鬈发就胜过世界上所有人了,竟然跟我说她不想穿那身衬裙,因为汉堡款只有两排褶裥,而她想要三排,这个小臭美!"

说着说着,品奇小姐的脸色越来越严厉,双颊冒出两块红斑。在她嘴里竖着的大头针被一枚枚用完,那把大剪子被放到

第十二章 纽约，时装娃娃

一边之前，我都胆战心惊的。

可她缝纫的手艺实在太棒了！我相信没有别的娃娃能在短短两周内经历这么大的变化。破茧而出的蝴蝶再光彩夺目，也比不上在米利·品奇小姐手中焕然一新的我。除了珊瑚珠串，只有衬衣是以前留下的。当然，如果不是因为衬衣有上好的料子，我想她也不会保留这件衣服。我那可怜的文笔怎么才能把这身新装描述出来呢——波纹绸礼服配上垂褶袖短裙，贴腰身，数不清的蝴蝶结？要怎么形容蓝丝绒泡泡纱缀满了只有大头针针屁股那么大的花环？我又该如何描述袖珍羽毛女帽和凫绒皮手筒？

"这下好了，"品奇小姐在完成礼服之后把我转了一圈，"现在，你跟所有从华盛顿广场到第十四大道的美女一样时髦，这话我说出去不怕丢人！"

这就是我改头换面成了一个时髦娃娃的经过，而这恰好说明了，我们从来都无法预知奇迹会在哪里出现。谁会求助于不起眼但勤奋无比的品奇小姐把自己变身为一个时髦的模特？

第二天，我待在她的工作台上，满怀惊讶地盯着镜子里的自己看。我无法抗拒这身妙不可言的新装穿在身上的效果，虽然之前在小感恩家和克拉丽莎家听过太多对于这类装扮的反对和警告，可我还是觉得，和工作台上摊开的《戈德的女士之书》里面的人物一样打扮，这种感觉特别棒。

就在那时，冷不丁地门突然开了，但我看到的不是品奇小

姐,而是一个八岁左右很漂亮的小姑娘。她的脸粉嘟嘟的,眼睛大大的,一头深栗色的鬈发,把我给迷住了。她的衣服也比之前我见过小姑娘们的好看,她穿一身格子绸,扇贝形的深红色包边,上面有许许多多镀金扣子。小姑娘小心翼翼地打量着整个房间,然后,轻轻地把门关上,走到了工作台这儿。她拿着我仔细看,脸上的表情越来越惊讶。等到她把我身上的每一处装饰和细褶都打量完了,就一把抄起我,飞奔下楼梯,进到一个大厅里,厅里有不少竖立的包着镀金边框的镜子。

一位穿着海豹皮短上衣、戴着用鸵鸟毛装饰的小帽子的高个子夫人正从门外进来。小姑娘向她跑过去,手里举着我。

"怎么了,你拿着什么呢,伊莎贝拉?"夫人把我从小姑娘手里拿过去,问她,"你从哪儿把这么个东西找出来的?"

"在品奇小姐的房里。"小姑娘回答说,"这娃娃我要定了,品奇小姐这么老,还这么丑,不该和娃娃玩。"

"要我和你说多少次别去仆人房里?"她妈妈教育她。

"我是从门外看到这娃娃的。"伊莎贝拉这么解释,这话从某个方面来说没错,但也不完全是,因为我可是知道得一清二楚,"看她的紧身围腰多合身呀。这是拿您的旧蓝绸布做的,这件披衣用的是丽丽姐的天鹅绒。"

"还真的是,"她妈妈细看之后说,"品奇小姐能做出这么时髦的东西还真是看不出来。"

不巧的是,就在那时女裁缝过来叫伊莎贝拉去试衣服。她

第十二章 纽约，时装娃娃

听到了这些对话，也看到了她们正围着我。

"凡·伦斯勒夫人，如果您允许，"她一本正经地说，"这娃娃是我的，我将会很感谢您，请您别再让伊莎贝拉小姐摆弄不属于她的东西。"

我觉得，品奇小姐这回占了理，这让伊莎贝拉的妈妈挺不乐意。她本来买了一下午的东西就挺累的，所以说话也比往常更厉害。等到这事过去了，她说并没有想要伤害女裁缝的意思。可是，当时双方说了很多伤感情的话，中间还时不时被伊莎贝拉打断，说一定要把我据为己有。

经过一番询问，品奇小姐说了她在哪里发现的我，以及她在晚上给我设计了这身装扮。

但同时品奇小姐也非常坚决，她说她很抱歉，可我是她的东西，她打算拿我当作模特来展示，以此证明自己的才华超过了大家对她的看法。我是整个事件的旁观者，听她们说了这么多不客气的话让我感觉很不舒服。如果不是伊莎贝拉的父亲进来问到底出了什么事，还真不知道这事会如何收场。他是一位身材魁梧、彬彬有礼的绅士，脸上有棕色的络腮胡，表链上挂了不少小印章。他听完双方的陈述后，宣布了他的意见。

"此娃娃。"他庄严地清了清嗓子。

"她叫希蒂，父亲。"伊莎贝拉提示他，她早就翻看过我的内衣。

"此娃娃希蒂，"他继续说，"毫无疑问是属于凡·伦斯勒

家的,因为她是在我们家的阁楼里被发现的,但是她的时装属于品奇小姐,如果没有她的手艺,这些布头等同于垃圾箱里的废品。"

"可是,父亲,"伊莎贝拉说,"如果没有衣服,娃娃还能算是娃娃吗?而这身衣服,如果没有给她穿又有什么意思呢?"

"正是。"她父亲很赞同,"我自己倒是没能把这件事说得这么清楚。我相信,亲爱的,"他对着夫人说,"伊莎贝拉有当律师的性情。"

"性情?"我听到品奇小姐嗤之以鼻地小声说,"脾气倒是不小,这是她最富有的。"

不过,在这个时候,凡·伦斯勒夫人已经意识到自己说话有点重,而品奇小姐也因为凡·伦斯勒先生彬彬有礼的态度感觉好些了。讨论又持续了一会儿,最后他们决议从品奇小姐手里把我买下来给伊莎贝拉。此外,夫人会把品奇小姐推荐给史蒂文森广场上的女装公司,我也会被带过去用来证明品奇小姐的技艺确实高超。你们可以想象,我对这个安排有多开心。

虽然品奇小姐对伊莎贝拉的脾气和其他一些缺点的看法是对的,不过她依然是个招人爱的孩子——也是我见过的最好看、精力最旺盛的孩子。我必须承认,待在华盛顿广场的凡·伦斯勒家是件很享受的事,虽然之前的贵格会一家可能会对这么物质的生活方式表示强烈反对。

由伊莎贝拉照看的娃娃起码有一打,不过她最喜欢我。这种偏爱起初是缘于我这身华丽的装扮，不过后来我敢肯定，慢慢地，她对我本人也越来越关注。不管怎样，她不让任何人说我不好。我记得有一次，有个客人说我"并不是一个地道的美人"，她便毫不犹豫地回应道："你也一样！"

我很少见到她的姐姐丽丽，因为她除了忙着学音乐、舞蹈和绘画课之外，还在几个街区外的一所女子贵族学校上课。伊莎贝拉和大她两岁的哥哥哈利，在家受教于哈利的家庭教师杰拉尔德先生。杰拉尔德先生是一位面色苍白、神情严肃的年轻人，而且显而易见他爱拉丁语胜过世上任何事物。比起教伊莎贝拉学习一些零碎的东西和拼写，他更热衷于让哈利读一本叫作《恺撒》的书。简而言之，伊莎贝拉想做什么没人管。

伊莎贝拉是家里最小的孩子，又这么好看，讨人喜欢，因此是她父亲的心肝宝贝。凡·伦斯勒先生经常带着她散步很久，而且每天晚上都给她读一个小时的《少爷返乡》。我也经常一起陪着。正如我之前的经历一样，伊莎贝拉很喜欢我娇小玲珑的样子。她几乎从不把我一人留在家里，不论是她出门和妈妈一起去第十四大道购物，还是我俩坐四轮马车去史蒂文森广场或是沿着第五大道行驶，有时还会随她和哈利在华盛顿广场另一边的"裴多先生舞蹈学校"学习华尔兹和波尔卡。

在这之前，我唯一看过的舞姿就是水手们的角笛舞和土著蛮人跳的那些，因此当我身处裴多先生舞蹈学校的抛光木地板舞厅中，听着卧式钢琴和小提琴的演奏伴随着刚从巴黎传入的

复杂舞步,看着一双双腿在舞步变换中穿插交织……一切的一切让我眼花缭乱、应接不暇。通常伊莎贝拉让我和安妮,也就是她妈妈的女仆待在一起,每星期五都把我们送过去,但是有一回我记得我被放在了钢琴盖子上。音乐直接从身下流淌出来的感觉实在令人难忘。我觉得自己融在了音乐里面,当我看着孩子们跳华尔兹,我下了个决心,也要学会这种优雅的舞蹈。可做起来并不如看上去的那么容易。那天晚上,当所有人都睡下了,我一个人偷偷在儿童房里练习。我的决心够大,可我身上的木腿不肯。还是那个老问题,我的每条腿都是一整块木头,所以无法单独动弹。虽然我还记得那天下午他们跳华尔兹时的配乐《玫瑰花和木樨草》这个曲子,虽然我也知道舞步中脚的位置,可我还是无法抬起脚,最多只能笨笨地趔趄几下。

所以我就把跳舞这个念头抛开了。虽然我不是一个容易放弃的人,但我知道有些事是完全不可行的。

那一年,我还见到了一位声名显赫的先生,他比惠蒂尔先生还要有名。那是一个星期天,伊莎贝拉和她父亲出门散步时无意中碰到的。那天冷得要命,伊莎贝拉的小脸冻得和她短袄里面那件新开司米裙一样红。她的小圆帽上也有一根红色的羽毛;我当时觉得这羽毛衬着她晃动的鬈发很好看。我也穿得很时髦,凫绒皮手筒配着一整身行头。凡·伦斯勒先生去了一个生病的朋友家,给他带了些冻牛蹄和一瓶雪利酒。然后我们就沿着第五大道的东侧往回走。

事情发生时我们正走到布赖福公寓门口,这是一所比例相称,有不少大柱子的酒店,几位先生正往外走。那里的人总是进进出出的,所以一开始我没觉得有何不妥,直到听到伊莎贝拉的父亲饶有兴趣地低声说:"咦,我很肯定穿着大衣的那位是狄更斯。之前听说他会住在布赖福公寓,可我给忘了。"

"真的是查尔斯·狄更斯先生吗,父亲?"伊莎贝拉的声音里带着我从未听过的崇敬的语调,"真的是写《少爷返乡》的那位先生吗?"

"当然了,亲爱的,我肯定是他没错,来,你好好看看他。"

虽然平时伊莎贝拉是个沉着冷静的孩子,可这件事情实在太不同寻常。结果,她过于激动,把我差点摔在这位伟人的脚

面上。而我实在羞愧自己以这样的姿态面对他,几乎晕了过去。幸好狄更斯先生挺身而出,更确切地说,弯腰而出,很果断地把我从地上捡了起来。他微笑着对伊莎贝拉鞠了一躬,把我还给了她,而在他身边的两位先生以及凡·伦斯勒先生则饶有兴趣地看着。

"哦,父亲。"当那位先生坐着马车离开后,伊莎贝拉说,"您看到了吗?他亲手把希蒂捡了起来,而且用的是右手,是写出他所有作品的那只手!"

"是的,"她父亲说,"这件事情可是值得以后说给你的子孙们听的呀。"

可伊莎贝拉没有耐心等到说给子孙们听。我们遇到的每一个人都必须听这个故事,而且接下来的好几个月,我都作为被狄更斯先生最重要的右手拿过的娃娃,介绍给大家。虽说我不想自夸,可我忍不住想,这世上能有几个娃娃有这样的荣耀呢?

第十三章　回到新英格兰

如果不是接下来那年的新年前夜发生的事,我可能会一直待在凡·伦斯勒家,直到伊莎贝拉带着我,告诉她的子孙们这个故事。在那个时候,新年是一个比圣诞节更为重要的节日。在我们住的纽约那片,每家每户的厨房要为此做好几个星期的准备工作。美味的蛋糕烘焙出来后给冻了起来,点心和姜汁饼干做好了,好多神秘的瓶子从地窖里面拿了出来,用来调制热棕榈酒、蛋酒和潘趣酒,这些饮料从新年前夜一直供应到元旦结束。丽丽·凡·伦斯勒已经可以同父母一起在会客厅迎接宾客,而哈利和伊莎贝拉还小,很多新年工作他们还无法参与。他们在离新年还有好多天前就溜进厨房,把每样点心都抽样检查一番,弄得厨子和女佣无法专心做事。到了新年前夜那天,他俩就被关在了楼上的儿童房里,两个孩子既不满又委屈。

过了中午十一点,家里的门铃声和敲门声就持续不断。说话声、笑声、觥筹交错的声音一直飘到了楼上我们这儿。街上挤满了互相拜年的人们。正因为如此,伊莎贝拉被严格规定,活动范围只能到大门为止。因为那一天的街上不太适合小女孩,有不少先生摄入了过多的棕榈酒和蛋酒,而且,还有不少从穷人区过来的粗鲁男子和流浪者四处溜达,他们或行乞,或看准时机偷点什么。我们能听到一些这样的人群经过时唱的喧闹的歌,看到一些人把从垃圾桶和碎布袋里捡来的东西拼成很奇特的衣服穿在身上。

伊莎贝拉在儿童房里尽可能地忍耐着,哈利没替她分忧,他完全投入到了新年礼物中——一套崭新的木匠工具箱,而女仆们实在太忙顾不上哄她开心。客厅她也不能去,无论她怎么撒娇求情,她的父母还是坚决不准。于是她就伏在楼梯栏杆上,直到大厅里放着的帽子和手杖看得她眼晕。

"我才不管今天是不是新年夜,"我听到她最后这么说,"我就是要自个儿出门去。我觉得假如我愿意,可以顺道去拜访一下詹金斯先生。"

詹金斯先生是她父亲的一位朋友,事实上,就是上回我们送雪利酒的那位。他是个单身汉,住在一所赤褐色砂石房子里,特别喜欢伊莎贝拉。于是伊莎贝拉打定主意要出门,她把我拿在手里,小心翼翼地走下楼去。她先躲在会客厅大门的天鹅绒门帘后面,直到厅里没有了人,只剩下高高的丝帽和手杖,她才悄悄溜了出去。我知道她这么做很不对,但我也为我们能在这个时候独自出门而兴奋不已。这时的天空中开始现出沉沉的暮色,但在烟囱柱子后面和华盛顿广场的树梢上依然可见日落的亮光。人行道上挤满了行色匆匆的路人,大街两侧的房子里,从窗户往外渐渐开始透出灯光。我想伊莎贝拉可能担心在路上

遇见家里的朋友,这些人一定会把她送回家人身边,所以她选了一条不太熟悉的绕远的路。总之,我们向西走,朝着第六大道的方向。

这儿所有的商店都大门紧闭,除了一两家药店,店里红色和绿色的大罐子喷射出彩光。一些四轮马车以及一趟罕见的有轨马拉车从我们身边驶过,比起购物日这里的人少了很多。詹金斯先生的房子位于住宅区那片,按照凡·伦斯勒先生开玩笑说的,他住在"第二十三街的荒地"里。不知怎的,那天晚上这路途显得比往常更为遥远,而且我觉得,如果在走到第十六街之前让伊莎贝拉掉头回家,她估计也不会不乐意。可是她一旦下定决心,就没有任何事情可以动摇她,哪怕是她本人的感受。于是我们就一路走着。一阵大风扫过所有的街角,片片薄薄的雪花开始掉落。突然,不知从哪儿冒出来一群把脸给抹黑了的顽童,他们朝我们拥了过来,戴着破旧的帽子,很多件旧衣服胡乱地套在身上。这群男孩子肯定是待在某一个小巷子里,专等着戏弄独自出门、穿戴昂贵的孩子。他们样子古怪,个头迥异,手里拿着木棍和旧雨伞,一边挥舞着一边大声嘶叫。他们的目的是想要一些零钱,而我也毫不怀疑,如果伊莎贝拉带了一些零钱并能给他们的话,他们应该会让我们安全离开的。

可是伊莎贝拉身上没有零钱,男孩们发现戏弄一番没有用后,就猛烈地向我们攻过来。

"靴子上的流苏!"他们的头头喊着,"把她靴子上的流苏

第十三章 回到新英格兰

揪下来!"

这些男孩子要流苏有什么用,我实在是不知道,虽然伊莎贝拉使劲地踢着,还用上了拳头奋力反抗,可他们还是揪了下来。而她的另一只手里抓着我,所以帮不上忙。

"你们最好赶紧离开,"她大声喊着,"否则我父亲会把你们都关进监狱。"

"哈,哈,"男孩头头戏谑着说,"我父亲会把你关进第四十二街的仓库里,然后就有你好看的了。啊,对不对呀,伙计们?来吧,把她给弄到那儿去。"

"你们怎么敢碰我!"伊莎贝拉吼着,她的眼泪快要流下来了,与此同时她还怒气冲冲地跺着脚,"我能拿手指抓,我还能用嘴咬。"

我能从这看出,这会儿她已经放弃了有人能过来帮忙的希望而决定靠自己了。伊莎贝拉并不是胆小鬼。我觉得很少有小姑娘能像她这样独自对抗这群样貌野蛮的男孩。但她不管怎样都不是他们的对手,最后他们扯走了她的松鼠皮披肩和鸵鸟毛帽饰,而且一个特别让人讨厌的男孩很粗暴地从她手里抢走了我。接下来我知道的,是远处传来了一声警哨。

"撤!"他们的头头喊了一声,在喊声还没完全消失之前,他们就好像变魔术一样消散得无影无踪。

我瞥见伊莎贝拉站在巷口,急切地向一位警察和几位路人求助。她那插着红色羽毛的帽子至少碎成了六片,一只袖子在

肩膀这儿被扯开了,雪花飘落在她蓬乱的头发和涨红的脸上。我从没见过一个人看上去这么美丽却如此愤怒。

新年夜对于我来说,绝不是一个能产生愉快联想的名字。如果让品奇小姐看到这些男孩子把我的衣服毁成这样,她那双近视眼里肯定会哭出泪水来的。他们带着我,连同伊莎贝拉的披肩一起当作了战利品。他们的头头把披肩要走了,既然没有人对我有什么特别的注意,他们觉得可以把我点着了当个火把。

幸运的是,有另外一帮孩子过来邀请他们一起去袭击附近的一家面包店。这件事并没有他们预料中的那么容易,双方打了挺久,于是出现了更多的警哨声,而且有传言说警察们已经出动了。这帮人又一次四散逃去。有一个特别脏的男孩把我头朝下塞到口袋里,我衣服上的褶皱都变形了,内衣的蕾丝边和扣子搅在了一起。后来,另一个男孩把我粗暴地嵌在一根棍子的顶端,举了起来,当作他们队伍的标志。棍子的顶部把我的衣服从外到内戳了一个大口子,而此时的雪,已经开始大片大片地不断飘落,更是让我全身都湿透了。他们从一条街窜到另一条——一路上,偷垃圾箱和门牌,冲没关上的窗户扔石头,袭击地下室大门和没有防护的路人,总之弄得乌烟瘴气。

最后,饥饿把他们打发回了各自的家,如果那些挤满人的出租屋和在空地上搭建的小棚屋能被称为家的话。我正担心自己会被扔到阴沟里,然后再让马蹄子踩上几脚,这时一个男孩问能不能把我要走。

第十三章 回到新英格兰

"我想给家里的孩子们玩。"他很不好意思地主动提出来。

其余的男孩子发出了一阵嘘声,把我举在棍子上的那个孩子把我交了出去。

接下来我又成了焦点人物,但我所到的房间和之前所处的环境截然不同。这是爱尔兰马车夫一家人,他们住在佩里街另一侧马车出租所对面的出租屋里,正聚在厨房里吃新年晚餐,而那个叫提姆·杜利的男孩把我带到了这儿。餐桌上没有桌布,碗碟非常粗糙,大多都裂开了。在我看来,至少有十个高矮不同的孩子围在桌边,吵吵着要喝炖汤,一个块头不小、面色绯红的女人正从火炉上的罐子里舀着汤。孩子们一看到我,就立刻从炖汤转向了我这儿。

但是提姆有自己的主意。他有一个小表妹叫凯蒂,她和母亲一起来家里做客过新年,他把我从其他男孩手里解救出来,正是为了凯蒂。不用归到杜利家孩子的手里让我着实松了一口气,因为他们是我见过的最吵闹、最有破坏力的一帮孩子。在这个夜晚过去之前,我都怀疑这地方是否还能有一件完整的家具,架子上是否还可以有一只不破的盘子或是杯子。凯蒂不是很壮,或者我更乐意这么说,她不是很闹腾。提姆对她特别迷恋,虽然她才九岁,而提姆快十四岁了。她是一个挺漂亮的孩子,有一头柔软的黑头发,一双蓝色的眼睛,她就像那个时代的小书里面印刻的好孩子的模样,有着较为忧伤的神情。

当时我身上的衣裳处于非常悲惨的状态,可是似乎没有人

觉得应该对我施以援手,而当我看到屋里的孩子们穿得破破烂烂却又无所谓的样子,实在感觉自己前途渺茫。不管怎样,我总算暖和了,也安全了,凯蒂对我也倾注了很多爱,所以我觉得自己没有权利抱怨什么,虽然真的很遗憾这身华丽的衣服被毁成了现在这样。

可是我跟自己说,在这个世上遭点罪并不丢人。

无论如何,我得以坐上最新式的蒸汽火车,如果我还在华盛顿广场的房子里待着,应该不会有这样的机会。这是一个漫长的旅途,从早上一直到深夜,凯蒂和妈妈一起返回她们在罗德岛的家中。我第一眼瞧见这些黑色的冒着蒸汽的大家伙在站台上呼啸而过时,感觉有点恐怖,可一旦我们进到里面坐在了硬板凳上,我就开始享受这其中的乐趣了。在驿站马车刚过去的那个时代,这种感受犹如神迹。看到田野和奶牛、城镇和房子从身边闪过,比沙漏里的沙子的速度还要快,我心里充满了讶异。凯蒂的妈妈也同我一样吃惊,因为我听到她和过道那边的一位女人聊着蒸汽机带来的交通便利。

"是的,"她很严肃地摆着头说,"人类的发明实在是厉害。我期待我的凯蒂能活到看这玩意儿上天。"

"太对了,"她的邻座附和道,"我在想,如今正是蒸汽机在让这个世界转动。"

那天晚上,我们住在普罗维登斯的一户人家里,第二天早上坐着马车去往普塔基特。凯蒂和她的寡母同亲戚们住在一

第十三章 回到新英格兰

起——兄弟们、姐妹们、叔婶们、表侄们——他们都在一个纱线工厂里面干活。白天他们全都出门上班，留下凯蒂的妈妈照看家。对于这么多人来说，这个房子显得小了些，不过他们在早上七点工厂打铃之前就都走了，一直到晚饭时间才回来。有一些叔叔甚至晚上还上夜班，所以除了礼拜天我很少见到他们。凯蒂身体羸弱，她不能去上学，也不能同吵吵闹闹的邻居孩子们一起玩耍。一般情况下她都待在厨房，照看那些炉火上的锅子、罐子和水壶，看到快开的时候就喊她妈妈。有她帮忙，她妈妈就能去洗洗刷刷熨衣服，或是去楼上收拾房间。和我之前的生活相比，这样的日子谈不上精彩；但是，我知道对于凯蒂来说我给了她安慰，而这一点对于娃娃来说很重要。

迄今为止我在厨房里待的时候并不多，而现在我对架子上的那些瓶瓶罐罐慢慢熟悉起来。我还对一些香料产生了兴趣，例如姜、肉桂、柠檬。这些东西的味道总让我回忆起那座在远方的孤岛。有一天，凯蒂的妈妈叫她把一些豆蔻磨成粉，我仿佛一下子又看到岛上那座神龛边上的猴子，尤其是给了我一粒豆蔻的那只。有的时候我坐在架子上正好对着火，蒸腾的雾气从我身边的那把旧茶壶里冒出来，还有一次我差一点点就跌进炸多纳圈的油里面。

在春暖花开的一天，凯蒂在门口台阶上坐了太久，感染上了很重的感冒。她躺在床上，喝了药，身体用红色的法兰绒毯子裹着，但是总不见好转。最后，她的婶婶请来一位医生，医

生说她体质太差,必须尽快送到乡下一个儿童疗养院去。凯蒂的妈妈哭着反对把她送走,可家里其他人劝她不能犯傻,于是过了几星期之后等凯蒂好些了,大人们就准备让她出发。她的东西用几个盒子打了包,我们俩一起上了火车,并由一位很和气的售票员照看着。这次行程时间并不太长,过了一会儿我们就到了一个乡下站台,有一个男人驾着轻便马车在等我们。

这个男人是农场的一个雇工,而凯蒂将要在这个农场里生活,并且在夏末把身体养好。我记得当时是七月份,大路两旁长满了黄色的雏菊和黑眼松果菊。自从离开缅因之后我就再没见过这些花,这样的重逢近似于再见到普雷布尔一家般让人开心。陪着我们的那个人叫阿莫斯,一路上他都很友好也很健谈。他给我们介绍路过的那些农场,以及他们养了多少牛、猪和鸡。可是凯蒂更想知道农场的每家每户有几个孩子,这一点阿莫斯总是说不清楚。

最后我们来到一所白色农家院的后门,布兰科特夫人迎接了我们。她是我见过的人里面最胖的,当她腰上系着围裙的时候,带子深深地陷在里面根本就看不到。布兰科特夫人自己有三个孩子,还接收了尽可能多的孩子来疗养,所以她知道怎么和孩子们打交道。当凯蒂晚上想家,哭喊着要回到厨房,想家里的叔叔婶婶表兄弟姐妹的时候,她也知道该如何安慰。布兰科特夫人很认可我,说我"身量适中实用",而且她还觉得我看上去像是很会体贴别人。这一点好像是她很重视的一个品质,

第十三章 回到新英格兰

至少她常常和孩子们说要体贴别人。

在最初的几个星期里,我大部分时间都待在凯蒂的房间里,所以很少见到其他孩子。之后,有一天下午凯蒂带着我出门一起去坐干草车。阿莫斯表示所有的孩子都会去。于是六个孩子、阿莫斯和我都坐在空的车厢里,来到堆着干草垛的牧场。我们在树下坐着,等农夫布兰科特和阿莫斯把干草叉到车厢里,直到堆得比谷仓门还要高。然后,孩子们一个接一个地被放到草堆上坐着。我从来没坐得这么高。从这儿望去视野十分开阔,越过波状起伏的牧场一直能看到森林、山脉和那些仿佛我刚来到世上就认识的农场。而当车开始行进的时候也很刺激,随着车轮在凹轴里转动我们左右摇晃着,榆树和枫树的枝叶扫过了我们的脸庞。孩子们一路上喊着、叫着、唱着。凯蒂还有些害羞,就一个人坐得稍远一点。她把我放在膝盖上,做梦一样地看着小河和远方的布兰科特农场。突然,威利·布兰科特大喊着蹦了起来。

"嗷,"他尖叫道,"底下有田鼠。我坐在田鼠窝上了!"

他其实并不在意,可三个姑娘受不了了。她们开始叫喊着爬开,很神奇的是竟然没有一个孩子掉下去。最后阿莫斯只好让马停下,爬上来安抚他们。他用干草叉在草垛里面扎了好几下终于发现了那个窝,他把窝连着里面粉红色的小田鼠们一起放在了附近的田地里。他非常善良,并不想伤害它们,而且告诉女孩们如果坐在田鼠窝上面千万不要害怕。在惊吓过程中凯

蒂没拿住我，我落在了孩子们的脚边，并往草垛底下掉得越来越深。直到我们来到谷仓，孩子们都被抱了下来，他们才发现我不见了。

"没事的，"我听到阿莫斯对凯蒂说，"在我把干草放到草棚里的时候，我会替你找到她的。"

我的心里悲喜交加，一方面我很希望他能找到我，另一方面我也很害怕他那把尖利的干草叉。但是我觉得阿莫斯恐怕是忘记我到底有多小了，因为我和一大堆干草卷在一起被放到了草棚里，根本没有被他注意到。

那天晚些时候，他又把男孩们和凯蒂一起带到仓库，所有人都参与了搜寻工作。有时候我能听到他们离我非常近。好几次他们的手几乎就要碰到我了，可还是错过了。

"这个娃娃简直是被魔术给变走了。"我一边听到阿莫斯这样说，一边很想告诉他，此时此刻他的大靴子正好踩在我的头顶上。

第二天，更多的干草被堆了上来，我觉得随着时间一点点过去，孩子们会放弃继续寻找。我已经发现，当娃娃们不在孩子身边的时候就很容易被遗忘。而我也毫不怀疑，等到凯蒂变得结实了，能和其他孩子一起嬉戏打闹之后，她就不再需要我的陪伴了。

好吧，其实在干草棚里待着也没有什么不舒服。我睡的地方很软，在冬天里算得上是一个既难得又温暖的窝。在我身上

堆了不止一季的干草，渐渐地我被挪到了一个偏僻的角落，那里的干草几乎没有人碰。在接下来的几年中，我有很充裕的时间来回顾我的经历。谷仓燕子和田鼠是我的伙伴，我和它们建立了深厚的友情，和田鼠的关系尤为亲密。我看着它们生养了许多代，看着它们从宝宝一直长大成年。而且，在寒冬腊月里我也很高兴有它们在身边，不仅是陪伴，也给我带来了温暖。干草棚可不能算是一个很干净的地方，慢慢地，我身上的灰尘越积越多。有的时候田鼠会同情我，当它们给自己的孩子们洗脸的时候，也会顺便帮我洗一洗。

第十四章　新的职业

最终把我从藏身之处用干草叉带到一个牛棚里的不是亲切的阿莫斯，而是另外一个雇工。我当时觉得，这应该就是我的末日了，而且我还会给奶牛带来不适，幸亏一个小男孩及时发现了我，把我从奶牛嘴边解救出来。小男孩把我从谷仓里带回了家，此时房子里住着另外一个农妇，她正在厨房给在农场住宿的两位年轻人做早饭。他们是画家，其中一位画山水、房子和树下奶牛，这些东西被他叫作"风景"；而另一位画家，他画"肖像画"。他俩中的后一位对我产生了浓厚的兴趣。他给了小男孩四分之一个银币，把我要了过去。然后把我摆放在厨房的桌子上，在我的两旁是他的朋友和一盘鸡蛋，他郑重地宣布从今往后我就是他的吉祥物。

农妇和他的朋友看上去对我不太感兴趣。农妇还说，我是"除了稻草人之外"最普通不过的农家物品。可是这位名叫法利的艺术家先生说她不懂我真正的价值。听到这里我感觉好多了，到了第二天，他把我放在帆布袋里带着我一起去采风，虽然我的裙子已经变得破破烂烂，我的珊瑚珠子也断开四散在干草棚的角落里，但我感觉又重新找回了自己。法利先生给住在附近

的几个人画肖像,他把我拿给坐在他身边的一位年轻小姐看,小姐答应给我做一身得体的衣服。

不过这位小姐不善女红,比起骑马或是跳舞,她挥舞针线的本事实在不怎么样。她把我身上的旧裙子和衬裙给扯了下来,换上了一身样式很简单的衣服。她把我绣着名字的紧身衬衣拿给法利先生看,上面的字母淡得几乎无法辨认。不过最后他们还是认出来了,而且法利先生说他很高兴知道我叫什么。他还说我必须时刻把这件带有名字的衬衣穿在身上。

这身新衣服唯一值得一提的是,在我的腰带后面有一个棕色和白色相间的磁扣子。作为一名男性,法利先生对我的新装扮没有提什么反对意见。不过,他亲自用一块沾了松节油的画布条擦干净了我脸上的灰。他还说很快要给我画一幅肖像。不出我所料,法利先生的下一位客人是一个小姑娘,他让小姑娘拿着我,还编故事逗她说我是怎么会藏身在干草棚里的。我忍不住想,比起他编出来的这些,我的真实经历可要精彩多了。不管怎样,小姑娘听得很入神,没有乱动,这样法利先生的目的也就达到了。真的,最后我俩的肖像看上去都很成功。

就这样,我开始了艺术家模特儿这一新的职业生涯。

打这之后,每逢法利先生给小姑娘画肖像,我都得上阵,而随着他在各地旅行画画,我的样子肯定在不少地方被留存下来。粗略算了一下,我已经被画在不少油画布上面了,从这个方面来看,渐渐地我也算是小有名气了。没准你们中有人曾经在一些家庭肖像画里面见过我,而且法利先生还好几次把我画在"静物写生"里面。不过我不是很喜欢这种方式,因为比起与花瓶里的干草和洋葱什么的近距离挤在一起,和孩子们在一起时我要开心得多。

那段时间里,有一次我看到了镜子里的自己,结果吓了一跳。迄今为止,我看镜子的时候都只是一瞥,所以并不知道这些年在海上、在岛上、在干草棚里的经历对我的样貌有什么影响。"上了年纪的沿街小贩"给我画的亮粉色的脸颊如今只剩下些淡淡的痕迹。现在的我,眼睛是一种磨损的蓝色,而身上的花楸木纹理也开始显露出来。是的,我的肤质已不如从前,正当我情绪很低落的时候,我忽然听到艺术家在和人解释说我比瓷头娃娃要略胜一筹,因为,正如他说的,我"没有那种让人难处理的高亮区"。简直没有任何语言可以表达我此时的感激之情。

我作为法利先生的旅伴过了好几年,虽然我们好几次重访纽约和费城,可我从来没有听到过任何关于故主的消息。后来,我们一路南行,坐上了带有大桨轮的船,船桨把棕色的密西西比河搅成了白色,对于只见过方帆捕鲸船和小帆船的我来说,这可算是奇景。可是,因为我并不是在一个孩子身边,所以总有一些遗憾。法利先生把我和他最好的骆驼毛画笔以及最珍贵的颜料一起放在一个盒子里,只有当他准备在画架上开工时我们才能出来。所以我很怀念我们在去新奥尔良玩的路上看到的

风景，这座城市总让我感受到额外的典雅和恣意的狂欢。

我们到达新奥尔良的时候正值嘉年华时节，法利先生费了好大劲才找到住的地方。整个城市都忙于精心准备节日的各项活动——游行、宴会、舞会，这些都要在四旬斋献祭前举办——而顾不上别的。总算到了最后，他找到了两位老夫人，她们愿意把其中一个房间让出来给我们。她们的老房子在法国区，庭院里面种满了绿色植物，还有一个铁制阳台，探出去架在鹅卵石窄街的上方。房子里面就住着她俩，安妮特·拉拉比小姐和霍顿斯·拉拉比小姐，她们还有一个年纪更大的黑人女佣，是战前就已经在她们家的黑奴。

她俩中间霍顿斯小姐更为年长和漂亮。她的妹妹告诉法利先生说，她姐姐年轻的时候可是个美人，的确，霍顿斯小姐到现在眼睛还是大大的，哪怕已经失去了昔日曾有过的光彩。姐妹俩当初肯定都非常漂亮。在客厅里面挂了一幅很大的肖像画，上面有那时二十岁的霍顿斯小姐和十八岁的安妮特小姐，而我总也看不够这幅画。我很难相信这两位穿着破旧的丝质衣服、起了皱纹的老妇竟然曾这么年轻貌美——霍顿斯小姐身穿淡黄色锦缎，一头黑发在耳朵后面绕成圈，而她的手指漫不经心地拨弄着吉他；安妮特小姐穿一身蓝色，披一头光滑的棕色鬈发，斜靠在她姐姐身边，手里玩着一枝玫瑰。有的时候，我觉得她们自己应该也会为容貌的改变而感到吃惊。我曾看到霍顿斯小姐长时间站在这幅画前面，样子怪怪的，还有一次我看到安妮特小姐也带着同样的表情瞥向法式窗户之间镶嵌的全身镜。不过我从来没有听到她们本人说过任何想法,也没有互相倾诉过。只不过因为我自己知道变化意味着什么,所以我才能理解她们心里到底有过什么念头。

那年的复活节来得很晚,所以等到四旬斋前夜到来的时候天还很暖和。法利先生四处走着看街上的游行,可两位老太太已经不能挤在人群里了。她们坐在阳台上,听着音乐,互相聊着这个或那个花车,就好像一对小小的古代鸟儿。我从法利先生的房间能听到她们的谈话,因为这个房间和阳台是相通的。

有时候法利先生也把我带到阳台上,经历了许多个日夜的沉寂之后,我被眼前的景象和耳边的声音弄得心潮澎湃。街上总有这么多黑色皮肤的人群走过——女人们头上裹一块亮色的印花棉布;另一些人头顶篮子,轻盈得好像篮子里没有装任何东西;年纪大大小小的男人用一种软绵绵的低沉声音叫卖器皿。我很少能听懂他们的话,因为里面很多都是法语词。在巴黎待过的法利先生,有时候也觉得很难弄明白,因为他们的发音方式比较奇怪。日子一天天过去,炎炎酷暑来到了,两位女士更多时候在阴凉的客厅里避暑。她们甚至晚上也不出来,而老女佣会把她们需要的食物送进去。

偶尔,某位特别年长的女士或是先生会按响楼下的门铃,然后就被请到楼上去喝咖啡。这对家里来说是件大事,我总能听两位小姐事后聊上好几天。有的时候,她们会很好心地邀请

法利先生也过去喝一杯。他总是很乐意接受邀请,而且有一回他把我也带了过去给她们瞧。她们温柔地用手触摸我的那种感觉,真是令人难忘。她们的手指还是细细的,只是已经像象牙一般陈旧和泛黄。当她们欣赏完我之后,赞叹法利先生有我这样一个精致而又可爱的旧娃娃,但同时她们也劝他,应该为我做一身更体面的衣裳。

当几周后法利先生又一次被特意邀请带着我去喝咖啡的时候,我真是格外欣喜。这次的客人是一位胡子花白、脚穿一双漆皮鞋的小个子先生。老太太们说,他是她们哥哥的一位老友,而他此行的目的是把她们母亲的一件精美的刺绣连衣裙带去参加即将开展的"棉花博览会"。这可是比四旬斋前夜更为隆重的一件盛事呢。两位老太太突然有了一个主意,想把我打扮成她们年轻时候的样子作为模特去参加博览会,她们觉得那种款式非常时髦,算得上是前无古人后无来者。她们还说我有一副很不同寻常的神情,所以只需要很少的布料就能把我打扮出来。她俩会亲自给我装扮好,然后这位朋友以及博览委员会负责将我摆放好,以及会后把我完好送回。听到有这样的殊荣我简直高兴坏了,只是不知道法利先生会不会同意。幸运的是,他表示赞同。他还说这个提议棒极了,因为他正好要离开一个月去给几个种植园画画。

"我知道,把她交给你们是最让人放心的。"法利先生说着向她们鞠了一躬。"还有,"他接着说,"我真心觉得这是一个绝

第十四章 新的职业

好的机会让她也见见其他娃娃。她陪着我这个单身汉已经很长时间了。"

霍顿斯小姐和安妮特小姐把我带到了她们楼上的安静的小世界中。在接下来的几周中,我成了她们生活的一部分,置身于红木和花梨木家具中。玻璃天顶上垂下一口黑色镀金挂钟,这钟是多年前她们的父亲从巴黎买回来的,还有永远放在壁炉正中央位置的一座体态修长、身姿俊美的瓷质男子塑像,他有弯曲的前额鬈发,身穿绣花背心,腿着齐膝短裤,带着一副懒洋洋的神情。她们称呼他为"罗密欧先生",由于是一位显赫的家庭成员的关系,罗密欧先生得到了许多敬意和关心。在他的食指和拇指之间有一个缝隙,每天那里都会插上一枝鲜花,每过一星期安妮特小姐还会用一块湿布把他全身擦拭干净。现如今,我仿佛还能看到安妮特小姐站在一把旧红木椅子上,瘦瘦的腰上系着一条淡紫色围裙,她那纤细的小手不放过他身上任何有碍于美貌的尘土。我能肯定,在她们看来,罗密欧先生和她们自己一样鲜活。不过罗密欧先生自视甚高,好像从未感觉到我的存在。

对于两姐妹来说,设计我的衣服是一件很严肃的事情。衣服的质地必须是棉的,因为博览会是这样要求的。她们一起商量了好几天。之后的某一天早上,一个绝妙的主意诞生了。

"姐姐,"安妮特小姐有点怯生生地说,"我一直在想那块婚礼手绢。"

"而我,"霍顿斯小姐点头表示同意,头上的那把直梳和白发缠在了一起,"昨天晚上的时候也想到了它。让我们把它找出来,看看这块布料够不够大。"

于是她们叫女佣拖出一个陈旧的大皮箱子,并且当即从里面抬出一套缎子裙装,这件衣服色彩浓郁、光泽动人,就好像她们家里最好的骨瓷杯子那样炫目。那里面有小巧的尖头拖鞋,一块蕾丝面纱,轻盈得好像是蜘蛛在月光下编织出来的一样,一副精致的手套,一本银白相间封皮的祷告书,还有一块手绢。这些曾经是她们的外婆、妈妈和阿姨们出嫁时候的物品。姐妹俩小心翼翼地把它们从箱子里取出,好像它们是活物一般,等到她们拿出这块手绢的时候,更是唏嘘不已。这块手绢是她们曾曾祖父用在遥远的种植园里出产的棉花织成布做成的。她们的曾祖母曾亲手把她在法国女修道院里学到的花纹绣在上面。在曾祖母嫁人后,家里每逢有姑娘出嫁,这块手绢必然会和新娘一起出现。大家都觉得,如果少了它,婚礼就不算完整。可是现在,家庭成员就只剩下霍顿斯小姐和安妮特小姐,所以也就不会再有婚礼了。一想到这里,她俩不禁悲从中来。

"瞧,"霍顿斯小姐说,"在玫瑰花蕾做成的花环上面还有一只鸽子。你还记不记得,我们还是孩子的时候,经常去找这只鸽子?现在我俩都不会再用到这块手绢了,真是遗憾。倒不是我为自己难过,可你本来可以是一个特别漂亮的新娘子的。"

"哦,姐姐,"另一位说,"我其实没什么。你曾经为朱利

第十四章 新的职业

安·查佩里守候了这么久,可你还是在北方佬攻下维克斯堡的时候失去了他!"

"我并不是唯一一个被北方佬夺去至爱的人,"霍顿斯小姐回答说,她的双颊烧得红通通的,"哦,这种事太残酷了,实在太残酷了。没人能比你和我更清楚这一点。"

我想,有一些北方佬也可能说同样的话。我记起当初在普赖斯家的时候,露丝收到受伤的约翰·诺顿的来信。那会儿,我可想不到我会生活在普赖斯一家那么反感的人家中,更想不到在他们手里我所感受到的全都是善意。这实在是太奇怪了,远远超出一个娃娃所能理解的程度。

我正沉浸在感伤的回忆中,突然听到安妮特小姐建议把我装扮成一个新娘。

"这看上去是唯一合适的做法,"霍顿斯小姐也很同意,"整个博览会的目的是为了证明我们能种出最好的棉花,所以我想曾祖母是不会反对的。"

在用剪刀裁开这块传家宝之前,她们反反复复地设计、测量、比画。姐妹俩仔细研究旧款时装书,剪出小巧的纸样,我可以保证,她们绝对没有浪费一丁点儿宝贝手绢上的布料。此外,她们还用另外一块平纹棉布做出了一整件衬裙,上面的褶边和羽毛针脚细致得恐怕连米利·品奇小姐都要啧啧称奇。经过一番打量,她们决定把我的贴身衬衫留下,因为她们参照了一句古老的格言,说每个新娘都要穿戴"一些旧的、一些新的、

一些借的,还有一些蓝的"。她们把衬衫亲手洗了并且漂白,同时很好奇是谁把我的名字缝上去的。她们在我内衣的束腰带上钉了一个蓝色的法式绳结。说到"借的东西",霍顿斯小姐声称不需要特意去做,因为我本身就是借来去参展的。于是,她们在昏暗的客厅里又剪又试又缝,因为百叶窗被关上了,街上的叫喊声传进来的时候都变得又温和又轻柔。

在那天下午最后一针结束后,她俩像两个孩子一样欢乐。这一次,我感觉自己比壁炉架上的瓷器先生更为重要,因为这几天里她们对他几乎毫不在意。她们把我放在桌子上面银白相间的祷告书上,默默地欣赏了很长时间。最后安妮特小姐深深地吸了一口气,用一根手指轻轻地触碰我的花边面纱。

"姐姐,"她怯怯地小声说,"简直不敢相信这是我们自己的手艺。我在想,这应该是受到保佑的圣人从天而降,指导了我们的双手。"

"如果不是圣人还能有谁?"霍顿斯小姐说,"能给两个袖子都加上边,这不啻为一件奇迹。"

她们的朋友——那个老先生实现了他的承诺,我在展示棉布制品的展厅里有幸得到了一席。我坐在一个玻璃陈列柜的中间一层,在我的上下层都是技艺高超的精美针线活。我全身上下装扮齐全,还配了一个用蕾丝纸束带捆扎的白色迷你花束,而在架子前面还有一张卡片,上面介绍了我的新娘礼服是由两位女士用织法最精致的棉布做成的。有的时候,围在我身边的

观众有两三层之多，唯一让我感到遗憾的是，隔着玻璃听不到他们的称赞话语。

当然了，玻璃并没有阻挡我的视线，从我第一天坐在那里，看到人们服饰上发生的巨大变化时，我感到非常惊讶。我从干草棚里被解救出来后，虽然走了不少地方，可是看到最新服饰的机会特别少。现在我终于可以细细品味这些纷繁复杂的褶皱裙，裙里撑架和巴斯克衫下摆，巨大的衣袖和紧身短上衣，比平蝴蝶结大不了多少的软帽顶在女士们的刘海、鬈发以及她们"瀑布式"的发型上。

看着小女孩被爸妈领着在我面前走来走去，我有些伤感。还好她们对我的喜爱之情宽慰了我，我意识到虽然衣服的样式总在改变，裙子根据流行或长或短，可娃娃永远是娃娃。当我看到小女孩因为没法把我带回家而苦恼，或是小姑娘鼻子贴在展柜玻璃上看我的时候，我的愉悦心情胜过官员或是其他嘉宾对我的夸赞。

我在博览会待了几周后，有一天，我注意到一个身材高大，皮肤被晒得黝黑，梳着发辫，穿着一件用黄铜纽扣扣着的蓝色大衣的男人，领着一个大约八九岁瘦瘦的黑黑的小女孩。她的衣服本来应该挺不错，可现在扣子掉了，罩裙也弄皱了，短上衣也有好些污渍。她那黑色的直刘海很长，总是掉到她的眼睛上，她手里还有一把破破烂烂的红绸子伞。哪怕她没有对我格外注意，她走路时候那种轻快自在的样子和她黑发脑袋的姿态

第十四章 新的职业

也不由得让我感到好奇。她一次又一次来到我的展柜前,我觉得那个穿蓝色大衣梳着发辫的男子可能在关门的时候也没法把小姑娘给带走。虽然隔着玻璃,可我还是能感受到小姑娘身上散发的那种无畏和旺盛的精力。她就像是一匹不屈服的马驹或是一只野生的小鸟,穿蓝大衣的男子站在她身后时常叫她。很显然她是那种必须要得到自己想要东西的女孩。

就好像普雷布尔太太曾经说的那样,事实就是小姑娘想要得到我。

最后,每天早上那个男的把小姑娘留在入口处,然后过几个小时他会回来领她一起去外面吃晚饭。十有八九,她在晚饭后还会回来继续在我这儿转悠直到晚上关门。这种情形持续了好几天,不得不说受到这么热切的关注让我有点扬扬得意。她那双敏锐的黑色眼睛把什么都看在眼里。所以当钥匙被留在展柜上的时候,没几分钟她就注意到了。

这事是这么发生的:我们这个房间的负责人当时正带着一群贵宾观看展品。而贵宾中的一位希望能近距离看看我,于是负责人就很亲切地把玻璃柜给打开了,我在一片诧异声和赞叹声中被传看着。之后他把我放了回去,锁上了柜门,可正当他要把钥匙拔出来的时候,被别的事分了一下神,于是他就直接带着那些客人去了另外一个房间。几乎所有的访客都随着他们的队伍而去——我说的是几乎,但不是所有。有一个留了下来。这个皮肤黝黑的小姑娘看准了机会,悄无声息地向我的展柜走过来。她快

速地四处张望,确定没有人在看她,然后用棕色的小手稳稳地转动了钥匙。门被打开了,她的手闪电般地伸了进来,然后牢牢地抓在了我的腰部。这一切发生在无法描述的一瞬间。下一秒钟柜门就又关上了,而我被塞进了红绸子伞里面。

我经常试着想象,当负责人发现他走后我却从柜子里消失了,接下来会发生些什么。我能想象出他对着空空如也的架子眨眼呆看的样子,可是周围没有一个人能解释这个神秘事件。与此同时,我被顺利地带出了博览会大厅。皮肤黝黑的小姑娘确保了这一点。很显然,她有着蛇一般的灵敏和狡猾,她一边拿住装着罪恶战利品的红伞保持着平衡,一边从门卫身边溜走。她没有引起任何怀疑,而此时馆里肯定已经发现我不见了。

小姑娘肯定知道哪里能找到蓝衣男子,因为很快我就听到他俩在说话。至少我觉得那个声音是那个男人的,因为小姑娘称呼他为"老爸",还和他说自己累了,想要回到"晨耀"号上。

"好吧,萨莉,"我听到他说,"等我算完下一趟棉花的运量我们就回船上。"

在红伞里面待着真是挺难受的。伞骨戳到了我身上,我也知道那狭窄的连接处在磨着我的面纱和衣裙荷边。萨莉只有一次伸手进来摸了摸我,以确认我还在里面。我不得不承认她相当有自控力。她这个年纪能有几个孩子可以这么不动声色地保守这样一个秘密?

第十四章 新的职业

就这样,我适时地被带上了"晨耀"号,这是一艘航行在河道上的汽船,往来于新奥尔良和密西西比河上游之间,运过来一捆捆的棉花,然后在返航途中运送各种商品和货物。尽管我挺遗憾自己就这样从棉花博览会被偷了出来,但同时我也禁不住兴奋并期待再次上一艘船,到了一个船长女儿的手里。

可是很自然,我是不能公开在甲板上露面的。萨莉·卢米斯——这是她的姓名——甚至在自己的船舱里都不敢把我拿出来。我被藏在一个很好闻的草编成的挎包里面。挎包放在一个她伸手能够到的架子上,在那儿我虽然眼不能看,倒是能听到周围发生的不少的事。自从把我从伞里面移出来,萨莉对我的态度就很奇怪,其中既有敬畏又充满深情。我根本无法预测,每次她把我从藏身之处拿出来的时候会处在哪种情绪里。她是一个暴力而又情绪变化不定的女孩。有的时候,比方说头一天,她对待我就好像我是从月球来的神秘生物。她坐着,死死地盯着我看,眼神仿佛要钻透我的木头身体。可是另外一些时候,她又会把我紧紧抱在胸口,突然无法控制似的抚摸着我。每次我都会被这些举动吓一大跳,直到后来我慢慢习惯了她奇怪的方式。如今在安安静静的古玩店里冷静地回想这一切,我意识到这个可怜的小姑娘没有机会和其他孩子一起玩,所以她不知道怎么和娃娃玩。萨莉还只是个婴孩的时候就没人管,因为她的妈妈身体很差,住在远方一个种植园里,无法照看她。所以只要萨莉愿意,就可以和父亲一起上"晨耀"号,而她大部分

时候都愿意上船。

我很快就适应了船桨击水的哗哗声和引擎有规律的突突声。船长一路上不时停下来分发货物,每次都会有喊叫声、歌声和说话声。好像是在那切兹的时候,就是那个有码头与许多白色旧房子和植物的美丽城市,我听到卢米斯船长读了报纸上关于我的一条消息。这报纸到他手里的时候已经过期好几天了。

"萨莉,来,听听这个,"我听到船长坐在我们船舱外的甲板上说,"这上面说的是在棉花展出上你特留心的那个娃娃。"接着他就开始读报纸上的那段:

棉花博览会上娃娃神秘失踪事件

受损方解释玻璃柜中珍贵展品失窃的经过——拉拉比姐妹用传家之宝制成嫁衣——警方在寻找每条线索——悬赏。

"好了,你怎么想的?"他笑着问。

萨莉没有说话。我觉得从她的沉默里可以发现一些异样之处。

"我们来看看,"她父亲什么也没注意到,接着说,"上面说是昨天下午发现不见的,而这张报纸是三天前的。哟,那天你不是在那儿的嘛。你在的时候娃娃还没丢呢,是吗?"

"没,我看到她了。"萨莉好不容易回答了。

这话从某个方面来说没错,而我忍不住想,如果她父亲发

第十四章 新的职业

现我现在正躺在草编挎包里,而且还能听到他说话,不知他会说什么。

"看报纸上说,这娃娃的衣服是专门为博览会做的。"他拿着报纸接着说,"馆里还挺当回事的。负责那个房间的管理员说,他只是离开了一分钟。等到他回去看,钥匙还和他走的时候一样插在玻璃柜上,可是娃娃不见了,而且周围一个人也没有。他拉了警报,在场的每个人都被查问了,但是娃娃还是不见踪影。他们觉得可能是其中一个管理员拿走了娃娃,然后又太害怕了不敢送回去。"

萨莉沉默了很久才开口说话。

"老爸,"她说,"他们会对拿了娃娃的人怎么办?我是说,如果他们找出是谁干的之后?"

"怎么办?"船长显然开始在读其他新闻了,"哦,我想就是通常对付小偷的办法吧——把他们关进牢里。好了,我们还是挺幸运的,去的时候这个娃娃还在,所以你还能看到她。"

萨莉突然放开了歌喉唱起来,一边夸张地做着手势:

> 我不在乎乔,哦,不,不,
> 也不在乎约瑟夫,如果他知道……

这歌是她最近学会的。之后,当她溜回自己的船舱时,就没再唱了。她把我拿了出来,然后用一种很奇怪的表情盯着我

看。月光下我能勉强看到她的脸。

"我才不在乎那张破报纸说什么呢,"她突然下定决心似的轻声说,"我不会把你送回去的,他们也不会抓住我。"

她很快地抱了我一下,就把我放回挎包里。过了一会儿,我听到她在船头扯着嗓子不停地唱歌。她的声音特别大,如果不是她父亲冲着她喊"别唱了"之后自己去睡了,那么他还能听她唱出更高的调门。

他们没再聊关于我的话题。哪怕船长后来在报纸上又看到了这件事,他也觉得没有必要再读出来。况且,船上的活也越来越多了,因为我们靠岸的次数少了,一路往河上游开。偶尔几次,萨莉把我从挎包里拿出来时,我透过船舱窗户能看到被船桨泛起的棕色浪花,还能隐约看到一些诱人的剪影:忙碌在棉花田或甘蔗田里的黑人,狭长的绿色海湾和长满苔藓的大树,高高的树下花园,白色老房子。我期待能看到更多从未见识过的河上美景。

是的,在一个星期天我的愿望实现了。卢米斯船长把"晨耀"号停在了一个摇摇晃晃的旧码头上,然后上岸去拜访一个老朋友,他住在几里地之外的种植园里。他说萨莉不能一起去,因为他要去谈很多事情,所以顾不上她。萨莉可以待在船上,也可以到岸边的小木屋那里去转转。一些船员去岸上找乐子了,其他人则一整天都在船上睡觉或是躺着休息。没有人注意小姑娘。于是萨莉就大着胆子,把装着我的草编挎包带上了岸。等

第十四章 新的职业

她走到看不见船的地方之后,就把我拿了出来抱着我,动作很大方,就好像我一直是她的娃娃一样。

那会儿中午刚过去不久,太阳还热辣辣地照在小木屋顶上,照耀着不少人匆忙前往的小教堂。所有人都黑得发亮,他们拿着大大的棕榈叶扇子和鲜花,有些人怀里还抱着棕色的小婴孩。萨莉和我尾随其后,和其他孩子一道坐在由两个石墩支撑的木板上。在教堂里面比在外面还要热。大家都挤成一团,婴儿们小声呜咽着。尽管有扇子在挥舞,苍蝇、蜜蜂和小虫子还是到处嗡嗡叫着。站在布道坛上的"那位"一边说着,一边脸上现出荣光。他的话里面都是字母很多的词,并时常挥动着双臂。我只依稀记着其中的几句话,不过里面有一段话对萨莉产生很大影响。

"姐妹们和兄弟们哟,"牧师从布道坛上探出大半个身子,对着大家说,"俺要和你们说一桩很重要的事儿,就是如果你们破了'不可偷盗'这第八戒,那你们肯定会很懊悔的。俺的兄弟们,你们里面有些人已经犯了戒了。还有些人在牢里待过,知道里面日子很难过,但是俺要说,如果你们还不明白过来还要犯错,那么总有一天会有比牢里惨一万倍的事儿等着你们!还有,俺的兄弟们,别以为你们可以在上帝的眼皮子底下糊弄他,他可是在天上看着你们呢,就算是刚出生的小孩子,他也能看透他们的内心,知道里面有没有罪孽。"

我能感觉到萨莉听了这些话以后愣神了,她直直坐着,眼

睛死死盯着布道者。我知道她脑子里在想什么,有些孩子在这硬木板上睡着了,后来又被呼喊声给吓醒了,不过她一直都很镇定。再后来,整个会场的情绪都起来了,大家唱着祈祷着,哭喊着要赎清自己的罪孽,萨莉还是一个人静静地坐在老位子上。只有到最后大家都跟着牧师一起浩浩荡荡地去往河边的时候,她才起身慢慢地跟在后面。她这种失魂落魄的样子,我还从来没在其他孩子身上见到过。

在河边看大家"受洗"可是一件很刺激的事情。牧师很是兴奋,直接蹚到了河里,水没到了他的腰部。然后他就让每个想要赎罪的人来他的身边洗刷罪过。我觉得他们可以找另外一条更干净的河。可是,大家都情绪高涨,没人在意这深棕色的泥浆水。他们立马就行动了起来,穿着白衣的女孩们,牙齿发亮、双眸黝黑的年轻人们,甚至还有比萨莉还小的小孩。妈妈们把自己的婴孩塞给其他人,自己冲过去接受牧师的洗礼,在水里起起落落。而牧师在接待每一位新受洗者时都激情澎湃。

"光荣呀,光荣,光荣呀!"牧师把每一位浑身湿透的皈依者送往岸边的时候都这样喊叫着,"又一个灵魂被救起来了,现在它比刚降下的雪还要白。"

我并不想假装自己懂灵魂这件事情,但是从他们打水里起来之后的衣服的样子和颜色来说,我觉得牧师的眼神不是很好。

每个人都忙着受洗,或是看别人受洗,所以没人注意到天色变得很暗,闪电正滚滚而来。所以,当巨大的雷声突然轰鸣

第十四章 新的职业

时，大家都惊慌失措四下逃散避雨。从他们的呼喊声和面部表情来看，我觉得他们不知怎的把这雷声和牧师的警告联系在了一起。牧师倒是一溜烟就从河里上来了，和混乱的人群一起跑向躲雨的小屋。但是他一边奔跑，一边不停地喊着向人们布道，说着劝诫的词句。我听到他说的最后一句是，这雷声在警告那些不立即悔过的凡人。

萨莉也开始奔跑，但是朝着另外一个方向，也就是"晨耀"号停泊的地方。可是回到船上的距离，感觉比中午过来的时候要远很多。此时天空是一种很奇怪的绿兮兮的颜色，而一道道闪电正酝酿着穿过这天幕。在狂风中树木被吹得左右摇摆，怪异的天色照得树皮上的斑块如鬼影幢幢。我能感觉到萨莉一边加快了步子，一边浑身发抖气喘吁吁。等到暴雨落下的时候，我们离船还有段距离。我第一次体会到什么叫雷声轰响、闪电霹雳、暴雨倾盆。

咔嚓！离我们几米远的一棵树突然被闪电拦腰折断，自从目睹"戴安娜"号上的桅帆断裂之后，我就再没听到过这么可怕的声音。萨莉蜷缩在一棵木棉树下，等着下一个闪电击中我们。她哭着反复祷告——用黑人牧师的那些话夹杂着其他一些不知所云的词，还混合着她自己的恐惧和祈求。

"哦，上帝呀，"她哀号道，"请别让闪电击中我，请您千万不要。我知道，我把希蒂从博览会带出来是犯了牧师说的戒。我知道我是一个罪人，可是我还没来得及悔过和受洗，但是过

一会儿我会的。请别让闪电击中我。"尽管她请求着,一个更响的雷轰隆隆地打了下来。萨莉哆哆嗦嗦地靠在树干上。此时我已经回到了甜草编成的挎包里,可我能听到她的每一句话,也能看到闪电的亮光。"哦,上帝呀,"她更大声地继续呼喊,"您没听到我说对不起了吗?您到底听到没?"眼看另外一阵雷声又要来到。"如果您非要把什么人给打死,"她哀求道,"能不能选那边已经受洗过却还没机会犯戒的小孩子?能不能呀?"响雷仍然没有停止。"我说,我会把希蒂送回去的。我不会再留着她了,上帝呀——看,她就在这儿。您可以把她带走,只要让我回到老爸的身边,回到'晨耀'号上!"

这个时候,萨莉已经歇斯底里地哭开了,声音大得盖过了暴雨声。她跌跌撞撞地朝河边跑过去,我心里很清楚她要拿我怎么办。

第十五章 我学到了很多知识

摩西并不是唯一一个乘着柳条筐漂在河上的人。不过，如果我没记错在印度小感恩家里听到的故事，摩西至少还有姐姐在看护着他。可我没这么好的待遇，而且我也怀疑尼罗河里的水应该不会像密西西比河的水这么浑浊吧。虽然萨莉的草编挎包给了我一些保护，但是里面还是进了好多水。没一会儿，我的博览会装扮就湿透了，而我还被关在渗满泥水的草编挎包里漂浮着。我感觉这暴雨下了大概有好几个小时，而且闪电雷声一直在头上轰鸣。我在想萨莉·卢米斯到底有没有安全回到船上，她又是否后悔这么轻率把我扔到了河里。我还在想，她下一回去教堂的时候，是否会忏悔她偷盗的罪行。可我告诉自己，就好像她突然很奇怪地唱起水手教她的那些歌，我多半会从她的记忆中被抹去。好吧，其实我最多也只是猜测一下。

慢慢地，我停下来了。可我并不是在芦苇丛中，而是在一个旧码头的木头堆里。救我的也不是一位埃及王子，而是坐着平底小船出来捕捞的几个黑人小孩。他们把装我的那个挎包捞起来，当发现我在里面的时候，倒也没什么特别的举动。只不过，起初他们几个看到我之后咯咯笑了一阵，而其中一个叫作

库奇的男孩最后决定把我带回去给他的妹妹卡琳玩。不过,他们并没有因为我而打断捕捞的兴致,而是继续把船划到了绿色河岸中间更窄的一条浑浊的支流上。我在船底脸朝天平躺着,周围是一堆钓丝、一个渔网、一罐鱼饵以及一群黏糊糊的鱼,它们的精神状态迥异。不一会儿,几只运气不佳的青蛙和一只异常活跃的海龟也加入进来。这只龟猛咬下巴的动作很是吓人,因此我努力只把眼睛放在蓝天和晃眼的太阳上。

"无论如何,"我心想着,"这样也比总在水流里翻腾强一点。慢慢地我也烘干了,只要我不去伤害这只海龟,它也不会来咬我。"我能感觉到那身湿透的裙子在慢慢变硬,泥土在我脸上开始结块。"据说泥对皮肤有好处呢。"我这样暗暗给自己打气。

太阳快下山的时候,库奇和他的伙伴把船拉到一些大泥块上面,带着战利品回家了。他们每个人都和无数个兄弟姐妹一起生活在木屋里,这些木屋属于一个有白色柱子的大房子,房子前面耸立着一些长满了青苔的老橡树。男男女女劳作的那片地在种植园的另一头,不过今年的棉花已经采摘完被运走了。这会儿已经快到深秋,正是这个地区农闲之时。庄稼都收割完了,工人们也都拿到了自己的工钱。因此大家都兴高采烈的,不论是满脸皱纹坐在木屋门阶上抽烟的老人,还是在满是尘土的地板上打滚的胖娃娃。

卡琳让我想到普赖斯家再版的《汤姆叔叔的小屋》一书中

托普西的画像。自打她看到了库奇手里的我之后，我就是她的娃娃了。

"她是我的娃娃。"她很自豪地说，好像我身上穿的不是黄黄的被泥水泡过、已经不复原貌的衣裳，而是一身光鲜的丝绸。

"你打哪儿弄来的这个娃娃？"库奇的妈妈一边在炉火旁搅着玉米蘑菇汤，一边问他，"该不会是从哪个大房子里偷出来的吧？"

库奇把经过说了一遍，他妈妈尖声地咯咯笑起来。

"嘿，老天哪，"她笑着说，"头一回听说。你们接着多找找，没准还有啥好宝贝在这老河里面呢。"

虽说这小木屋对于所有必须睡在里面的大人小孩来说是挤了点，不过我至少不会孤单。当卡琳和其他孩子一起玩的时候，我总在她手边，他们光脚在地上跑过或是打闹的时候，总会扬起很大的尘土。我喜欢听他们唱歌，他们的声音比我认识的所有孩子都更加甜美柔和。到了晚上，木屋里总有音乐声。等到卡琳和其他孩子在门阶边睡成一团之后，我就会长时间听男人们漫不经心地弹着吉他或是把班卓琴弦拨弄出奇怪而美妙的声音。

我第一晚听到这音乐的时候，忍不住回忆起那个孤岛上野人敲出的皮鼓声。当然声调是不同的，只不过这两种音乐都有同样激发情绪的效果。这样的音乐总让我想站起来同男孩女孩们一道跳跳舞——虽然配合这音乐的舞姿与华盛顿广场上的裴

多先生教的华尔兹和波尔卡并不完全一样。事实上,这种音乐完全是另外一种风格。

有时候他们也会唱起来,是我从来都听不厌的奇怪而忧伤的歌曲。偶尔歌里面唱的是圣经故事。我听到其中有摩西,约拿和那头鲸鱼,挪亚方舟和大卫王。在这么一个完全不一样的场合里面再次听到他们的故事,就好像老友重逢一般。另外还有一些歌我也很喜欢听,有《轻晃的马车哟》和《唉,上帝呀,这是什么早晨呀》,还有一首经常让我骨头里感到奇怪刺痛的歌,第一句是这么唱的:"我妈妈受够了骑那些大白马。"哪怕是今天,我还能听到他们手指下弹拨的琴弦发出的嗡嗡声,而当年那些最小的婴孩,如今也应该长大成人为人父母了。

在这里,冬天也不像原来在北方那么难熬。随着十二月的临近,大房子里将会举办一个派对,所以每个人都必须投入到准备工作中,哪怕是最小的小孩。我祈望卡琳不要把我一个人留在木屋里。果然,当圣诞夜快到的时候,所有的小孩子都被洗干净了,而且打扮一新,卡琳要来了一块格子印花棉布,打算为我做一件新外套。结果,这衣服差不多就是一块布上面剪了两个洞,用来套我的胳膊,然后拿一枚大头针把布钉在了我的背上。不过我还是很开心能有东西遮住我那身残破的新娘礼服,因此我的心中对她还是充满了感激。卡琳自己则是一身华丽的鲜红色,她的头发被编成了十一条小辫子,每条都用同一种东西给扎住了。她自己梳头和编辫子的功夫很棒,但给她做

第十五章 我学到了很多知识

头发的姐姐海蒂则更严厉。

"站直了别动，"她姐姐命令道，一边使劲拉扯着妹妹的头发，直到辫子紧得让小姑娘的眼珠子都快瞪出来，眉毛也斜了上去，"要是不比平常那个样子更好看，你觉得你有脸迈进大房子的那扇门吗？"

不过，这倒不是说大房子会把什么人给拒之门外，因为上校和他的女儿们都是非常慷慨大方的人。厨房里摆上了大长桌，上面放满了鸡肉、火腿、馅饼，还有入口即化的布丁。我第一次见到这么多食物，见识了人们这么好的胃口。

卡琳在用餐时一直把我放在膝盖上，当她去大厅和迷宫般的客厅时，她依然把我抱在她的胸口。难怪大家的眼球都转个不停，牙齿也被灯照得闪闪发亮。这地方就好像神话里的仙境，所有的窗户和楼梯都成双成对地被装饰成了绿色，成百上千支蜡烛被点了起来，在镀金镜子的照耀下显得更加璀璨。地板已经被清理过，不过在最大的那个房间里面有一张大桌子，上面堆满了礼品盒。桌子后面站着上校和他的两个女儿，上校已经上了年纪，满头白发，嘴上还有白胡子。他的一个女儿身材丰满，打扮入时。她的两个小男孩穿着天鹅绒西装，满头鬈发，正帮忙分发礼物。他的另外一个女儿身材苗条，也很安静。她还没出嫁，帮忙照顾父亲。我后来才知道她就是小木屋里面大家经常提到的"霍普小姐"。

所有的孩子像一群忙碌的小蜜蜂那样冲向桌子。虽然卡琳

看到了礼物——给小孩子的玩具和糖果、给大孩子的衣服或工具,可她不停地被其他孩子挤到边上。看上去她好像永远也拿不着礼物,而我看着礼物盒子越来越少也开始为她感到着急。还好霍普小姐过来帮了我们,她叫卡琳到她身边去。卡琳因为受到这样的特殊关照而激动得说不出话来,只会傻站着冲霍普小姐一个劲咧嘴笑,并把我紧紧抱在怀里。我觉得可能是卡琳的大红色衣服衬得我挺好看的,也可能是霍普小姐的眼神比所有人都好。当时我心里面有个声音在说,这将是一个改变我们俩命运的时刻。

"啊,这真是太奇怪了!"我听到霍普小姐发出了惊叹,她把我拿在手里,她的手很白,纤细的手指上戴着一些非常美丽的蓝宝石和红宝石戒指。

她急忙把我拿给她姐姐看。

"劳拉,"她说,"你还记得我们在博览会上看到的那个小木偶娃娃吗?"

"是呀,我还记得,"她姐姐忙着发礼物没有抬头,"怎么了?"

"那个娃娃丢了,你知道,"霍普小姐接着说,"我们从新奥尔良回来之后,我在报纸上读到了这条新闻。我觉得这个娃娃正是那一个。她的表情和小小的样子,我是不会弄错的。"

她们俩把我拿到灯下,仔细观察了我的样子。然后她们把格子布从我身上取下,看到了里面那身被弄坏的新娘服。这下没有疑问了。她们把卡琳叫了过去,问了关于我的事情。卡琳太害羞了,不过后来库奇也被叫了过去,他解释了几个月前他是怎么从河里把我打捞上来的。她俩也提到了摩西和芦苇草,这让我感觉到自己还挺重要的。

"我们必须马上把她还回去,"霍普小姐说,"如果我没记错,报纸上说这个娃娃是为博览会专门准备的,而且在她消失之后大家找了很久。"

卡琳越听越伤心,听到这里她忍不住大哭起来,把头埋在了她妈妈的裙子里。她头上的十一条小辫子也因为她的抽泣而颤抖着。

霍普小姐很不好意思,另外桌子上所有的娃娃都给发出去了,这让她更加为卡琳难过。最后,她一只手拿着我,另一只手领着哭泣的小卡琳来到楼上她的房间。她的房间特别大,因为光线的昏暗显得尤其宽敞。在她的梳妆台镜子两边只点了两根蜡烛。她的纯银和象牙梳妆用品在烛光下闪着光芒。在那张巨大的带幔帐的床边桌上放了一些玫瑰花,椅罩上和窗帘上绣着更多的玫瑰。在房间的一角立着一个带玻璃门的柜子,我依稀看到里面是一些瓷器玩具。霍普小姐把我放在她的书桌上,然后径直走向那个柜子。她把柜门打开,取出一个什么东西,然后向卡琳走过来。

"这个娃娃的事情我很抱歉,"她的声音很温柔,"你看,她不属于我们中的任何人,所以我们不能留着她。不过我会给你

一个我小时候玩的娃娃。她的名字叫玛格丽特,来自法国。我亲爱的奶妈亲手给她做的衣服。"

卡琳惊讶得呆住了,她一个劲地盯着娃娃看。霍普小姐只能自己把娃娃塞到卡琳的手里。那个娃娃看得出是非常名贵的,用小山羊皮、瓷器做的,她的头发是真的,身上有一件白色的褶皱裙,围着一条粉色的腰带。卡琳带着她下楼给大家看的时候,开心得像一朵花一样,不过我听到霍普小姐在关上柜门的时候轻叹了一口气。

不得不承认,我待在霍普小姐房中一个星期左右的时间还是挺舒适的,在这段时间里我的衣服被洗刷干净了,她还给新奥尔良那边写了信。霍普小姐亲自把我的衣服脱下来清洗。她对这件结婚礼服的精美表示了赞叹,而对于无法修补的损失难过得几乎要哭出来。衣服上的棕色印迹没法被洗去,有几个裂口厉害得连她的针线手艺也无法缝补。我的衬裙因为是新布做的,所以损毁不大,而我的内衣几乎跟之前一样完好无缺。我开始觉得这内衣的材质可能和我身上的花楸木一样耐磨,虽然上面绣的名字已经褪成了淡粉色。

"我对这个小娃娃真是越来越喜欢了,"几天后霍普小姐对她父亲这样说,"我真是舍不得她走。我觉得她的脸蛋真是可爱极了。"

"是的,"她父亲用那双深陷的蓝眼睛看了看我,表示同意,"这是一位既有外貌又有性格的女士。如今这个年月很少能遇到这样的姑娘了。"

第十五章 我学到了很多知识

他的这番话我细细品味了好几年。能从这样一位绅士口中听到赞扬,可不是天天都能遇到的事。

不过霍普小姐还是言出必行的,一天她给一位在新奥尔良的朋友写信,解释她是如何发现我的,而且我的样子和特征同博览会的那个娃娃全都吻合。她把我连同我身上剩下的那些衣服一同放进一个装着棉絮的木盒子里面,然后关上盒盖,封上蜡,把我寄给了那个朋友。

我也说不上来自己在路上走了多长时间。我只知道当盒盖被重新打开之后,几个人正在讨论我的命运。他们是两位先生和一位女士,我从未见过。他们用一种粗暴的、冷漠的、对娃娃毫无兴趣的方式查看着我,看来霍普小姐的信比我到得早。这两位先生和棉花博览会联系上了,但是现在博览会已经过去了好几个月,他们不知道该拿我怎么办。他们拜访了两位老太太,可是她们中的一位病了,而另一位完全不知道现在画家身在何处。因此我只能待在盒子里面,在一个桌子抽屉中躺了好一段时间。有时候会有手伸进来摸索纸笔,这个时候我就可能被举起来,有那么一两分钟的时间见见天日。也有人讨论是否把我送到什么地方去,可之后我还是被塞了回去。

尽管如此,还是有人找到了画家的地址。

"这是他曾经在纽约的住址,"我听到他们说,"娃娃总算可以及时送到他那儿了。"

盒盖再次给封上,我又一次通过邮局被寄了出去。我本人

并不介意这种旅行方式。在经历了之前的陆、海及河上蒸汽船的颠簸之后,这种旅行对我而言略显平淡。盒子里的棉絮是一张舒适的床,况且,曾经在马鬃沙发角落里待过几年之后,我觉得自己没有资格抱怨什么。

有那么几次,当盒子被放在一个能听到声音的地方时,我就会通过木头的缝隙听听外面的动静。然后我才知道要找到法利先生的行踪究竟有多难。邮递员一定是把我送到了好几个地方,因为我听到他好几次问别人,是不是有一个法利先生住在那里。回答总是同样的:没人听说过这个名字。我对于自己的将来有种很不安的感觉。

"好吧,"我听到一个男人说,"这个邮件只能去死信办公室了。"

你可以想象听到这句话时我是什么心情。我觉得我的日子到头了,每一次盒子的晃动和颠簸都让我联想到自己马上要被取出来烧成灰烬或是被砍成碎片。这是一段非常黑暗的日子,虽然我试着安慰自己,说我的花楸木或许能保我一命,可不得不承认之前的乐观精神离我而去了。我特别希望能有樟脑丸把我和现实世界彻底隔离开来。

的确,没有什么事情的状态是维持不变的,那一天终于来了,我感觉到盒子被举了起来并且晃动得地动山摇。

"这儿,"我听到一个男人的声音,"这个和别的包裹不一样,是木头做的没什么分量。没准你还能够幸运地抽到一条珍珠项链，查理。"

当然，那会儿我还一点都不知道发生了什么事，不过我倒是隐隐约约听说，在死信办公室里面，当无法投递的邮件把所有的架子都挤满之后，大家可以把它们给买走。因为没人知道里面装的是什么东西，所以这有点类似于集市上的摸彩游戏。在所有参与者中间经常会有很激烈的竞争，而通常情况下都是某个穷邮递员有幸夺得大奖。

当抽到我的那个人发现我并不是一件贵重的珠宝首饰时，不免感到些许失望。周围的人则欢乐地把我拿在手里传看着。

"有谁想和我交换吗？"抽到我的那个人问。

"好吧，"另外一个人说，"我拿这个上漆的肥皂盒换这个娃娃吧，虽然吃亏了点。"

我实在是没法再听下去了。

不过接下来发生了一连串的事情。

买到我的那个人收获了好几个包裹。他有一个大袋子，里面已经满了，所以他把我单独拿在手里。在回家的路上，他在路边的一个小店停下来买了些烟草。然后，他装上烟丝点上烟斗，顺便把手里的东西放了下来。等到他抽完离开时，他拿上了那个大袋子，把我彻底给忘了。过了一会儿，我觉得盒子被打开了，一个胖乎乎的女人低头看着我。

"来看看这个，"她说，"刚才那个人忘了拿走了，我猜这是给孩子买的，因为里面有个娃娃。好吧，"她把盒盖又合上，

"我把这个盒子放在架子上,没准什么时候他会再回来找。"

那个人有没有回来找,我是没办法知道了。因为就在第二天,我在的盒子连同别的几个盒子一起被拿了出来。

"我想这是店里最好级别的土制烟斗。"我听到有人对一位客人这样说。

很明显,他只是打开一个盒子看了一下,然后就理所当然地以为我的盒子里面也是同样的东西。总之,有人粗心大意地把我和另外两个盒子一起包好给了顾客。我有点模模糊糊的感觉,只听到一些只言片语,在盒盖打开之前眼前仍是一片漆黑。等到重见天日的时候,我听到一个男人非常生气的声音,他对另外一人抱怨那个店员犯的错。

"我说,"他怒气冲冲地说,"还不是那个傻乎乎的男孩犯了错。我本来满心期望地打开一个装烟斗的盒子,结果呢,里面却只有一个丑娃娃,这可真是太妙了!"

我觉得盒子里面装的是我,应该不能算是最坏的事情。这么多年来我习惯了大家温柔地对我、喜爱我,所以我还挺郁闷的,尤其是他生气地一把丢开我,让我从桌上弹起来掉在了硬邦邦的地上。这一摔把我的骨架都快给震散了,可是,受伤更重的是我的自尊心。

等到这个男人踱步走出了房间,他的妻子把我从地上捡了起来,用围裙把我身上的灰尘擦去,把我放在了窗台上,她去做晚饭了。我重新打起精神看自己身处何处,发现这是一个公

第十五章 我学到了很多知识

寓的厨房,我所在的窗台正对着一个火车站。窗户底下日日夜夜地跑着进进出出的火车。从轰轰作响、喷着蒸汽的机车里冒出了各种烟雾,它们慢慢叠加,最后变成了灰色的云卷,把目光所及的一切东西都罩上了一层煤灰。所以,他们只好把车站站牌给加黑了,这样一来大家才能辨认出站名"自由中转站"。不久之后我才知道,那个男人是站里的车票代理人,而他的妻子则开着一个午餐小卖部。每天,她在家烤好派和饼干,做好多纳圈,煮好一大罐咖啡,一起拿到车站里去卖。当火车到站的间歇比较长时,她就会回厨房,或是坐下来读候车厅里面乘客留下的报纸和杂志。她对读书读报挺有热情,因此知晓各种各样的消息。

"吉姆,"在我到她家一两天之后,她对丈夫说,"如果你不想要这个木头娃娃,我打算拿她做个试验。"

虽然这话听上去很吓人,不过比起她丈夫,我更乐意她来处置我。她丈夫咕哝了一声表示同意,然后她就拿出了一张时尚杂志里面的针线活老画片。

"好嘞,"她拿出一个皮尺来量我,"虽然你穿得实在破烂,而且还不是画片里面的瓷脑袋,不过我相信你可以的。"

对于她要拿我怎么办我毫无头绪,所以好几天来我只能惴惴不安地看着她忙活。现在我待在她的工作篮里面,身边是无数的线团、好几排针、缝补球、待修补的袜子、一堆常见的剪子、金刚砂、蜂蜡、顶针和带子。她把活带到火车站里来了,

最后我总算听到她向一个邻居说起自己的计划。她打算把我改造成一个插针垫。

"总之就是要做一个娃娃插针垫，"我听她这样说，"就好像这画片上的一样。你把东西都插在腿上，留出手和脑袋来。我很想有一个新娃娃，可第一次拿一个旧娃娃来练手也不错。如果能做出点样子，我就去参加下个月的教堂集市，把她放在时尚台子上展示。"

所以，我就要去当一个插针垫了！我承认我并不太喜欢这个主意。可是当她把我的衣服撤走换上祖母绿的绸子时，我也不得不面对现实。我的贴身内衣又一次被脱下，只有这样，她才能把我的下半身缠上层层棉絮。在这件事之前，我无数次埋怨过自己的腿和脚。我总觉得"上了年纪的沿街小贩"应该把我的腿脚做得更灵便一些，可现在感觉到我那被束缚住、没准会永远隐藏在棉絮之下的腿脚时，我真后悔之前对它们不满。可我还是无力阻止自己的腿脚被牢牢缝在一起。

倒也不能说这样让我感觉很不舒服。可是原本这么多年挺灵活的下半身突然就和我分离了，这种感觉很奇怪。在这之前都被装扮得挺得体的我，实在没法习惯看到现在的自己肿得像个皮球。而且，我不得不承认，当有人把大头针插上来的时候，我永远都不能克服内心的恐惧。我觉得现在的我，就是当年品奇小姐手上的大头针向着四面八方竖起的样子，总之在教堂集市那天我并不开心。

第十六章　回到故土

集市上的女士们明显对我相当喜欢，这让我精神振奋了一些。集市的目的是为传教士基金筹钱，当我知道这一点时，禁不住回忆起当年在小岛上的经历。我在想，如果这些好心的女士们知道这个和她们的垫子、大头针托盘与针盒放在一起的娃娃，曾经是异教徒的崇拜物，她们会八卦成什么样。

有一些人瞧了瞧我，差一点就买下了，可是又由于各种各样的原因而选择了别的物件。最后，一位叫作麦琪·阿诺德的女士过来了。她一看到我就双眼发亮。

"这个，"她说，"正好可以送给露艾拉姨奶奶当生日礼物。为了给她选礼物我可是想破了脑袋。她马上要七十五岁了，而且钱能买到的一切东西她都有了，可我还是想送她一个特别的东西。"

于是，我被包在纸袋子里面买走了。

最后，我到了露艾拉姨奶奶手里，她住在波士顿的一个老房子里面。不过我没看出她收到这个礼物有多激动。老太太身穿黑丝绸，戴着眼镜坐在餐桌前，读着生日祝福，拆着礼物。她把我拿了出来，读完贺卡之后挑剔地瞧着我。

"哼,"她把我放下,"我真想知道麦琪·阿诺德给我这么个玩意是要干吗。哎呀,我屋子里面已经有够多的插针垫,足以给一个孤儿院用了,况且这个东西看上去还不像一个正经的插针垫。"

"哟,露艾拉小姐,你这样说可不太厚道,而且今天还是你的生日。"她的老女佣一边收拾桌子,一边说她。

当天下午,有一些庆生的客人来拜访她。我坐在桌上,看着、听着所有的动静。在盒子里面待了这么久后,现在这样感觉还不错,而且我很喜欢这个大屋子,小壁炉里面有柴火在烧着,金框裱装的老画像居高临下看着厚重的雕花家具,架子上摆满了书。其中一位访客是一位老太太,披着海豹皮斗篷,戴着一顶软帽。比起主人,她显得更娇小、和气,让我想起了拉拉比姐妹。主人和客人坐在壁炉前,喝着茶聊着天。她们是老同学了,互相称呼"露"和"潘"。

"你桌上放着的那个是什么东西?"潘小姐放下茶杯,突然问道。

"哦,那个,"露艾拉小姐毫不在意,把我拿起来放在她朋友的腿上,"我的侄孙女麦琪·阿诺德送给我的生日礼物。她能记住这个日子而不是嘴上说说,按理说我应该是挺高兴的。不过老实说,我实在不知道该拿这东西怎么办。"

潘小姐饶有兴致地拿着我看,又摸着棉絮团看我是不是只有上半身。她还戴上了眼镜,把我放到眼前这样那样地瞧。

第十六章 回到故土

"好吧,"她最后这样说,"如果这是个插针垫,我觉得实在不怎么样。不过作为一个娃娃,我觉得你收到了一个稀罕物。这么小的娃娃能做得这么精细,这么有个性,还是挺不常见的。可不,在我所有的收藏里面都没有这样一个小宝贝。"

听到这样的称赞,我感觉浑身舒爽,这感觉一直传到被棉絮包裹的腿部。当我听到主人说很乐意让她朋友把我带走的时候,我更加感到开心。

于是帕梅拉·威林顿小姐把我带回了家,加入到她著名的旧娃娃藏品中。

她很快就把仔细缝在我身上的填充物和绸布拆了下来。当她发现我完好无损的木腿后,那种喜悦心情不亚于被拆掉束缚后我自己的开心。

"跟我之前想的一模一样,"她和自己的女佣说,"瞧这双整齐利落的脚面,还有这漂亮的躯干,我敢说这上面绣的肯定是她的名字。"

她开心得好像一个小孩子,立马找出针线包要给我设计新的衣服。

"帕梅拉小姐,你觉得这个娃娃多大年纪了?"她的女佣问。女佣对于她的每一个新藏品都有着同样浓厚的兴趣。

"要说个准数很难。"我的新主人用食指轻轻敲着我的木头身子,拿一块浸了油的麂皮非常温柔地擦拭着我的脸,"不过,她应该有一百岁了。我记得我的一个姨妈曾经有过这样一个娃

娃,不过那个娃娃的面部造型和表情连她的一半都比不上。"

"可不吗,这是你所有娃娃里面表情最像真人的,"女佣表示赞同,"长相很甜美,精神也很饱满。"

这些话真是给了我莫大的安慰。经历了颠沛流离的生活后,这样的赞美让我感觉无比舒心。

帕梅拉小姐亲自为我用枝叶状花纹的印花丝毛料做出裙子,样式和她小时候穿的一件衣服一模一样。当然,她也让人把我的贴身内衣洗干净了,而且把纹理变薄的地方重新缝制了一下。我成了她藏品中的最爱。她把我放在书桌上的一个黄色迷你旧摇椅上,还总把我作为最珍贵的娃娃介绍给访客。不过她唯一的遗憾是对于我的历史一无所知。她经常感慨这一点,所以我就特别想通过什么办法告诉她发生在我身上的事。不过,即使她没有把墨水瓶用软木塞封起来,又把纸整整齐齐地摆在桌子上,我也还是缺少鹅毛笔来写故事。

在我的这段经历中,另外一个遗憾是我从没有见过其他娃娃;本来这是一个绝佳的机会能让我更好地了解我的同伴们。据说在威林顿家的会客厅架子上,摆放了上百个娃娃,她们着装各异,从古到今的样子都有。

随着时间一天天过去,帕梅拉小姐的身子越来越弱,虽然她从来不承认自己不如从前。终于有一天,我听到她把老女佣叫到身边,说自己决定去一个乡下的老朋友那儿过夏天。她说自己会坐汽车走,所以只带我一个娃娃在身边。因为小小的我

第十六章 回到故土

可以放进她包里，而且她也舍不得把我孤零零地留在书桌上。能够出去旅行一下我也很开心，因为我在她的房间里面已经待了好几个年头了。

不巧的是，我被放进了一个书包里，所以根本看不到我们路过了什么地方。不过我知道，早晚我会被放在一个新的位置上。不过在这之前，我遇到了一件从未有过的事情。帕梅拉小姐在找手套的时候，把我从包里拿出来了一小会儿。

"亲爱的，帮我拿一下这个娃娃，"她和朋友说，"车子走得太快，我怕她会飞出去。"

她的话音未落，这事就真的应验了。我们当时正开在乡间小道上，不过并不是我所预期看到的马车。事实上，我现在坐的车厢和我记忆中的形状以及高度已经完全不同了，而且就好像是被魔法给拉动着的。两旁的树不可思议地飞速移动，在我们的身后发出持续不断的嘈杂声，我身边吹过的风，比那回乌鸦叼着我飞到老松树上时还大。这事到底是怎么发生的，我是不可能知道了，总之那个老太太伸手要接过我的时候，我们的车正好颠了一下，然后我就从她两只手的空当间弹了出去。

接下来我所知道的，是我被卡在了错综复杂的树根中间，我能听到两位老太太叫来一个穿着制服的年轻人，让他寻找每个角落。他来来回回地在这条路上寻找，但无功而返，然后帕梅拉小姐也从那辆没有马的马车里下来找我。尽管我能真真切切地看到他们，可他们没有想到我能蹦这么远。况且，我被夹

在青苔覆盖的树根之间，确实很难被发现。躺在那儿听着他们驾车离去，真是一件痛苦的事情。

自从萨莉·卢米斯在那个暴雨天把我丢进密西西比河后，我已有很多年没有独自在大自然里待着了，而之前舒适奢侈的生活让人很难一下子就适应这突如其来的变化。

不过我的境遇还不算最惨，至少我不是脸冲下，而是保持了一个正立的姿势。周围的树根围住了我，就好像是一把扶手椅。我朝着路面看下去，越过一片绿油油点缀着杜松的牧场，能一直望到远方。天气很暖和。这肯定到了七月，因为雏菊和橘黄山柳菊开满了田野和路边，白得耀眼。我能听到不远处小溪冲刷石头的声音，头上高高的松枝晃动着，发出那种熟悉的低沉的声音。

"如果我无法一直陪伴帕梅拉小姐，"我这样想，"如果我不得不在什么地方慢慢逝去，至少这地方是个不错的选择。"

夜幕降临。星星在遥远无边的蓝色幕布下闪烁着。夜晚的空气从牧场的那头吹过来，强劲而锐利。在很远很远的那头我听到非常微弱的声音，依稀是哪儿传来的海浪声。我在想是否真的是海浪，而我能否再次看到大海，这就如同待在帕梅拉小姐的书桌上那样，会让我觉得好像回到了自己家。

看着太阳慢慢升起，阳光逐渐覆盖在绿色和白色的田野以及密密的松针上，在经历这么多年的幽居生活之后，这样的景观让我感到奇特。我的裙子被露水打湿了，不过当日头升得很

第十六章 回到故土

高能照到我之后，衣服又被晒干了。鸟儿们唱着歌飞来飞去。我发现自己在试着回忆最初在普雷布尔家的时候认识的那些鸟名。这时我突然意识到，最近这些年我一直生活在城市里，没准这意味着我该重新回到乡村。

可我没有想到这事竟然真的就被我说着了——事实上，差不多一个星期之后我才被人发现，而后我知道，确确实实，我回到了最初的故土——缅因州。

之后几年的生活，我真想一笔带过，因为虽然谈不上是痛苦的经历，可那些年既没有冒险故事也没有给我带来任何收获。我从一个地方换到另一个地方，一点儿都没有安全感。

不过还是先回到路边的松树树根这儿吧。我一直没动，直到一些野炊的人来这棵树底下吃午餐。他们是一群年轻人，男男女女吵吵闹闹的，而且衣服既紧身又夸张，把我吓了一跳。我宁愿在这地方待着，也不想被他们给救走。他们取笑我，还用各种方式挖苦我的样子。其中一个小伙子甚至把我放在他的膝盖上，假装与我亲近。我真是一点儿都不喜欢，可所有的姑娘都开始咏咏地笑。吃完午餐后，我被他们带回到了马车上。这是一辆有真马的马车，也是我比较熟悉的那种。可一路上我们身边不停穿梭着没有马的新式车，他们管那些车叫"汽车"。

好吧，其实我没必要担心自己与这帮人同行，因为当他们把马车还回去的时候，我就被彻底遗忘了。我整整好几天都坐在车子后面的位子上。我挺享受重新回到马棚里的感觉，而从

进出人们的谈话中我了解到,我再次回到了缅因州,而且离波特兰并不太远。

等到另外一帮人租马车的时候,我才被再次发现,而管马棚的人不知道该拿我怎么办,于是我被放在他小办公室的窗户壁架上。那个地方可真是热。太阳直射进来,把我衣服上的红色都给晒褪色了。这还是一个很干燥的夏天,我身上积了厚厚一层灰。马棚的主人相当旧派,他对于汽车毫无概念。对他来说,最开心的事莫过于当有汽车陷在乡村小道的泥地里时,他被叫过去用牛车帮忙给拉回来。

有一天,他女儿过来做一年一次的清洁工作。当她看到我的时候,实在想不通这么个小木头娃娃怎么会和一堆旧马具、油漆罐、马鞭和沾着蝇屎的纸为伍。

"可能有小孩会喜欢这娃娃的,老爸。"她说,"我想下回去波特兰的时候把她带给凯利。"

"嗯,行吧。"他表示同意,因为他想让女儿快点收拾完房间走人。

我很快就知道了,凯利是他出嫁了的一个女儿,自己做了点儿生意,在法尔茅斯街开了个小饭馆。每次我听到这样的旧地名时都会觉得很开心,这是仅次于故友重逢的喜悦。有时候,我甚至突发奇想希望能再次见到菲比·普雷布尔。但我知道这个想法离现实过于遥远,因为帕梅拉小姐说过我"已经差不多一百岁"了,而且从我在马棚办公室的台历上看到的数字来说,

第十六章 回到故土

时间比我之前预期的要过得快。年份依然是个四位数，第一位还是1，但是原本第二位的8，现在已经变成9了。接下来的数字是个1，最后一位数是3。我挺遗憾自己错过了新世纪的来临，不过我猜当时我应该在死信办公室里面待着。

现在我被转移到了法尔茅斯街凯利的饭馆里，可是她不让孩子们和我玩耍。

"我和你讲，贝茜，"她俩边吃着大盘子里的蛋糕和草莓，边聊着天，"现在人开始花大价钱买旧东西了。我搞不明白这是为啥，不过上个星期就有人来瞧我家厨房里的那张旧桌子。他拿小刀刮了一下，说这桌子是枫木做的，有人肯出整整二十块呢。"

"好吧，我觉得这些人都疯了，"她妹妹说，"不过他们愿意花大价钱是好事。我可不像老爸似的，觉得所有的新东西都不对。你为什么不卖了这桌子呢，凯利？"

"我是这么打算的，"她猛地说道，"我想了很长时间了，现在准备把前厅给收拾出来，然后把所有的老物件都摆在里面。你可以把所有扔到农场那边去的东西都拿过来，我会叫吉姆做一个牌子，写上'出售旧家具'。你看，这个娃娃不好说，没准有人傻得会想要买她呢，我看看能不能把她卖出一块钱。"

凯利言出必行，没多久她的前厅就开张了，她丈夫取笑说这里像是一个"日常垃圾堆"。我坐在一个被飞蛾蛀过的坐垫上，没人对我有什么特别的兴趣，就这样过了至少两三年。到

了冬天生意少得可怜,屋子里也冷得要命。而到了夏天,又完全是另一番景象。终于有一天,一个身材矮小的老太太走了进来。她的头发花白,脸颊粉扑扑的。她温柔地触碰每一样东西,显得兴致勃勃,这不由得让我想起帕梅拉小姐。所以当她指着我问价格的时候,我真是欣喜若狂。

"哦,几块钱吧,我觉得。"凯利说,随着越来越多的人光顾,她要价也越来越高。

我感觉心里一沉,很担心老太太嫌我太贵了。她把我转过去,看我的腿和胳膊是不是都还好使。

"好吧,"她跟和她一道来的朋友说,"其实我本来是想买点陶瓷动物摆件回去,放到我的百宝架上,不过这个娃娃的表情真的很动人。"

"这个娃娃没准是个古董,"那个朋友说,"不过她丑得要命。"

我还真是个古董呢!这是我第一回听说这个词,不过后来这词就经常出现在我耳边了。我很感激老太太并不同意她朋友的看法,我还希望她不要因为花了这两块钱而感到后悔。

虽然被装在纸袋子里,我还是能感觉到自己又一次坐上了汽车。那时我真想瞧瞧车外的乡村景色,为了这个机会我愿意拿很多东西去交换。

我开始祈望这位老太太能有什么小孙女,没准愿意和我一起玩。可这个愿望落空了。我的下一个蜗居点还是在一个客厅

第十六章 回到故土

里面：一个放满小摆件的百宝架。我的新主人身边只有一个旧女佣，加上一屋子的旧家具，不少人从挺远的地方过来瞧老太太的收获。我到新家的第一个晚上，当老太太坐在壁炉前阅读的时候，我环顾四周，吃惊地发现那个餐具柜的样子似曾相识。在壁炉上面有一个内嵌式的餐具柜，门闩上刻着一个粗糙的字母"P"。我简直不敢相信自己的眼睛，因此盯着看了好一会儿，然后我又看看别处，再转回头来，确保我的眼睛没出什么问题。我的眼睛没问题，这和我刚来到世上最初几年看到的景象一模一样。经过了这么多年，我再次回到了普雷布尔家的后厅。假使说，餐具柜的样式和那个字母"P"不足以说明问题，那么，还有窗外那株古老松树的巨大枝干。我甚至能想起自己曾经被挂住的那根树枝。这简直让人难以置信，可我的的确确在这儿呢。当天晚上我坐在层架上，听着松枝间吹过的风声，这是我无比熟悉的记忆中的声音。

又过了好久，我才了解到这位老太太为什么会住在这儿。我知道她不姓普雷布尔，不过我在想，她会不会是家里的什么亲戚。可是，有一天我听到她对客人说，她对于这个房子的来历一无所知，她只知道这房子曾经住过一家姓普雷布尔的出海人。她之前找了几个房子，一方面为了放自己的旧家具，另一方面也希望多吹吹夏天的海风能有益于自己的健康。这间房子是几个选择中她最满意的，所以她只是简单改装了一下就入住了。

"哦，"当听到她的话时，我想，"我倒是能告诉你不少故事呢！"

和老太太在一起的日子必然是很安静的，她平时一般只接待那些来看收藏的访客，而她出去淘东西的时候从来不带着我。她最喜欢收集各式各样的陶瓷动物小摆件。结果，在百宝架上我的周围，到处都是斑点狗、猫、羔羊、兔子、母鸡、鹅、瞪羚、瓷质小猪。有的时候我总感觉自己进了一个动物园，而且每增加一个新成员，我的绝望就加深一层。大概是因为之前和活生生的动物有过接触，所以我对这些冷冰冰的陶瓷动物们格外挑剔。我总是忍不住想起小岛上猴子那机灵的眼睛和利落的爪子，还有干草堆里体贴的田鼠们湿湿的舌头。

冬天时老太太住在城里，这间房子就门户紧闭了。普雷布尔家的客厅里令人愉快的火炉熄灭了，通过百叶窗的窗缝我能看到外面的冰天雪地。当风向对的时候，我能听到教堂的钟声鸣响。我敢肯定这是坐落在会议厅山上的教堂，不知那个脚凳和那本插画《圣经》是否仍在我躺过的那排靠背木凳下面。所以有好几个冬天，当我等待春天再次到来，老太太能够返家的时候，我都靠回忆来自娱自乐。

寒冬过去之后，门窗再次大开真是一件让人开心的事。大门的两旁必然会有绽开深紫色花瓣的丁香花。从我待的地方，我能透过老松树一直看到果园，那里的苹果树比我记忆中的稍微多了几个节疤，更弯曲了一些，花苞的粉红色也更深了。是

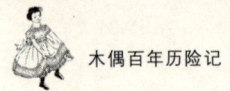

的，灌木、黄花菜、洋蔷薇以及忍冬正如当年菲比·普雷布尔把我放在围裙口袋里带出去采摘覆盆子的时候一样，茂盛地生长在门前的庭院里。我甚至能听到在老松树的枝干上，乌鸦发出了同样嘈杂的声音，不知道它们会不会是曾经和我同窝的乌鸦宝宝的后代。

第十七章　我被拍卖了

又一年，春天照样来到，可是老太太没有回来。我不明白这是为什么，不过我为她没有机会看到盛开的紫丁香而感到遗憾。事实上，整个夏天都过去了，她还是杳无踪迹。如果不是有百叶窗缝，我还不知道外面玫瑰都已开花，秋麒麟草也开始绽放了。

最后到了九月，大门终于被打开，然后几个男人走了进来。这些人我从未见过，不过他们就好像进了自己家一样，在房间里面走来走去，把所有的东西翻了个底朝天，他们摆弄旧家具和装饰品的样子，我敢肯定，要是老太太知道了会很不喜欢的。他们还把很多写着数字的标签系在每一张椅子、桌子和画上，甚至瓷器动物摆件和我身上也有。我的标签是拴在脖子上的，在他们挂上来之前，我看到上面的数字是75。

"好了，弗兰克，"我听到其中一个人对里面最胖的那个人说，"我们把楼上的东西都标上号了，它们应该能拍出好价钱。"

"如果拍卖当天能有个好天气，那就一定能拍出好价钱。"那个胖子在门口斜眼看着正好从路那边的云杉树间落下的太阳，

"看上去应该会是个好天气。夏天游客们会大老远赶来的,我不会猜错。"

"是的,头儿,"另一人说,他们正在收拾所有的文件和铅笔,"这将是这片地区最轰动的拍卖会。古董,现在大家都在为古董疯狂呢。"

他们这番话让我有种模糊的担忧,等我情绪稍微平静之后,那块写着数字的正方形牌子就挂在了我脖子上。唯一让我开心的是,我从那个放满陶瓷动物摆件的架子上被移了出来。那些摆件根据各自的类型被分成了几堆,而且它们没有单独戴着数字标签。

那个胖子第二天一早红光满面地来了。这是早秋最舒爽不过的一个好天气。接着是好一阵搬运,二楼的家具都给抬了下来,放在前门庭院里。我现在待在前厅的一个箱子上,视野很好,所以能看到汽车从四面八方开过来。到了十点钟,路上挤满了汽车,院子里、房子里人头攒动。我被他们的样子吓了一跳,尤其是女人和孩子的打扮。他们身上穿的简直不能叫衣服,少得可怜。我忍不住想,普雷布尔太太看到这样打扮的人在自己家里面随意走动肯定受不了。如果她看到孩子露着腿穿着短裤,女士们留着短发穿着短裙的样子,肯定会惊恐地举起双手。

很快,我就被这些好奇的人摆弄起来,他们上下敲打我,揪揪我的胳膊和腿,很粗鲁地窥探我的衣裳和长裤。

第十七章　我被拍卖了

"古董，古董，古董。"我不停地听到这个词，后来我开始相信昨天那个胖子说的话，现在大家的确为这些东西而疯狂。

这其中有一些人对我还是比较友善的。有一个可爱的小姑娘，穿着一身黄色裙子，戴一顶大草帽。她显得比其他孩子安静些、懂事些，很像我从前认识的那些小姑娘。她看上去顶多六岁，因为够不到我，她请求与她一起来的女士把我拿下来给她瞧。

"我想要她，阿姨，"小女孩请求着，"我的钱包里正好有爹爹给的一块钱。你说这一块钱够吗？这个娃娃真的很娇小，还晒得黑黑的。"

那位女士笑了起来。

"那是因为她身上的漆掉了，茉莉，"她说，"而且她的数字是 75，所以我们要等很长时间才能得到她呢。"

"我要她，"小姑娘很坚持，"而且她是被晒黑的。"

这番话给了我很大支持，让我能够继续坚持这场考验。

另外还有一位身穿灰西服的老先生，他的白胡子支棱着，一根丝带上面悬挂着单片眼镜。每当他仔细看东西的时候，都会把眼镜扣在眼睛前面。他拿着眼镜看了我好一会儿，用长长的温柔的手指把我拿起来翻看。什么都逃不过他的眼睛，哪怕是我贴身衣服上面绣的字母。他把眼镜夹到眼眶上反复观察我，不知怎的我并不介意这种好奇心。相反，我还因为长时间被关注感觉挺得意的。

"这个，"最后，他小心翼翼地把我放回到箱子上面，对他身边的一位先生说，"是一件非常罕见的早期美国工艺品。"

随后他去了另外一个房间，不过他说的话被那天的胖子听到了。我看到胖子在一张长长的单子上记下了几个字，还和其中的一名同伴说了句什么。他冲着我这个方向指了指，说明这和我有关。不过我还是猜不出究竟是怎么回事，因为之前我从来没听说过拍卖会这个词。

可没过多久我就明白了。

所有人再次拥向了门前的庭院，大家有的坐在户外椅上，有的坐在旧箱子上，总之捡啥坐啥。那个胖子站在门阶上，前面放着一张餐桌，他的同伴捧着一托盘的瓷器狗走了过来。那盘瓷器狗被放到了桌子上，他把手里拿着的一个槌子举了起来，这让我吓了一跳。我以为他要把这些狗都敲碎了，就忍不住为自己担心起来。可是，我不得不承认，就算那些瓷器动物真的碎了，我也不会特别难过。

当看到拍卖师呼吁大家开始投标，而前面的那些人喊出他们愿意出的价钱时，我就知道自己猜得不对。一开始进展比较缓慢，那些瓷器狗的行情不如胖子之前想的那么好。一整堆狗最后只拍出了五块钱，拍卖师摇了摇头说这简直就是抢劫。有时候，好多人都想要同一件东西，场面就会很热烈。他们轮流出价压过对方，而胖子也鼓励他们，他敲着槌子，每隔几分钟就加一次价。

第十七章 我被拍卖了

另外还有一件事情让我无比诧异——有几样我觉得再普通不过的东西竟然都被大家当宝贝似的抢着要。有一把不知道打哪儿来的、一直搁在厨房炉子上的铜茶壶拍出了一大笔钱，而几把旧火钳、烟囱吊钩和铁链拍出的价格则更高。我觉得，普雷布尔一家没有看到庭院里发生的这一切，对他们来说是一件幸运的事。

好吧，最后终于轮到我了，我想大家不会怪我当时害怕得战战兢兢、浑身发抖。我的号被叫到之后，我就被带到了拍卖师前面的桌子上，然后被摆放在一个木盒上面。我的一只手放在手编花环的纸条上，另一只手压住裙边。虽然我马上要被拍卖了，可我还得尽量显得体面一些。这会儿已经快到中午了，一丝微风掠过我们头上的老松树，路的那头太阳照耀在紫苑花和秋麒麟草上。这是自打我回到出生地之后第一次迈出家门，刹那间我就被这些熟悉的场景打动了。但是那些陌生的面孔还在看着我，笑声和窃窃私语声此起彼伏，这时胖子举起了他手中的槌子。

"女士们、先生们，"他开始了，"摆在我面前的这件75号——"

他停下来查看文件，一阵欢快的情绪在人群里传开。

"希蒂！"我突然听到小女孩喊了出来，"她的名字是希蒂。她的内衣上面写着呢。"

所有人都笑了，包括拍卖师。

"好吧，"他接着说，眼睛从文件上抬了起来，"我想，这样一来她就更珍贵了。我知道大家都已经仔细看过她，知道她保存得非常完整，腿脚都在，全身着装。我敢大胆地从她的表情推断，她现在心情正好。"人群中又爆发出一阵笑声，只有那个小姑娘站在一个肥皂箱子上，手里捏着她的一块钱，神情很坚定。"不过有些人可能还不知道，她是一件非常罕见的早期美国工艺品。"他很快地瞟了一眼文件，我对自己说，如果不是那位穿灰色西服的老先生，他肯定不知道这个。"现在，女士们先生们，请问你们愿意为这个超过一百岁的娃娃希蒂、这件摆放在家中很有面子的稀有古董出多少钱？"

"我，"小姑娘没等他说完就喊了起来，"我这儿有一块钱。"

"一块钱。"胖子开始竞价，用那种拍卖时独有的低沉嗓音，"有人出一块钱买这个稀有的娃娃。有谁愿意出两块钱吗？"

"两块！""两块五！"我听到从不同方向传来了竞标声。

有人往前挪了一下，把小姑娘的脸挡在了我的视线之外。这对我来说也算是件好事，因为这样一来我就看不到她失望的样子了。我自己也有点失望，如果能拍给她我挺愿意的，不过另一方面我也为接下来的竞标场面感到自豪。

"十块钱。"第二排的一个人出了价。

"十块钱。"胖子无精打采地重复着这个数字，"才十块钱。女士们先生们，你们难道不知道一件真正稀有的早期美国工艺品的价值吗？"

第十七章 我被拍卖了

"十五块。"我听到最后一排传来声音。

我不喜欢这种粗鲁的大嗓门,但是说话者本人让我更加不喜欢。这是一个高高壮壮的女人,穿着紧身的粉红色裙子,戴着一顶草绿色帽子。这顶帽子扣在一大蓬支棱着的头发上面,衬着那张艳粉色的脸,很像是孤岛上那个土著头领的装扮。事实上,她的样子总让我想到土著头领。好像是"稀有"这个词刺激了她,我真心希望拍卖师形容我的时候用的是别的词。

还好那位老先生对我伸出了援手。我能看到他站在稍远一点的地方,就在那棵老松树旁。他没有戴帽子,白头发和白胡子上有枝叶斑驳的投影。我仿佛觉察到他的脸上露出了饶有兴趣但富有决心的表情。

"十六块。"他特意出了这么个价钱,然后把雪茄又叼回嘴里。

"二十块!"那个女的猛地一喊。

"二十一块。"竞争对手跟着加价,声音几乎没有变化。

于是就这样继续着。到这会儿其他出价者都已经退出了竞标,大家都听着,看他俩谁能坚持到最后。

"二十五块钱了,女士们先生们,"我听到头上传来胖子低沉的声音,"后排的那位女士愿意出二十五块钱买这个娃娃。"

我朝着她的方向又看了一眼,恐惧增加了一倍。此时她的表情越发狰狞,脸色更加难看,和土著头领的样子更像了。这让我觉得,如果落到她手里,我很可能小命不保。

"二十六块五毛。"老先生镇定的声音再次响起。

"三十块!"这喊声听上去很吓人,接下来她又用所有人都能听清的语调大声说,"哪怕是五十块钱我也要定这娃娃了。"

这句话之后,整个竞拍模式就很常规化了,那个女的一路加价,而老先生每次都默默地在她的数字上加一块钱。这下连拍卖师都开始激动了,其余的人则看得大气都不敢出。我觉得,没有哪个站在台上待拍的物品会像我这样惊诧于自己的价格。等我听到价钱飙升到四十块时,简直不敢相信自己的耳朵了。很久之前打造我的那个"沿街小贩",肯定做梦也想不到我能卖出这么多钱,只有他知道我是拿花楸木做的。不知怎的,我坐在那儿看着眼前的这一切,一时间恍惚觉得站在树下的老先生和"沿街小贩"的身影竟然重合了。他们两个人有一种微妙的相似。不过我还是及时清醒过来,瞧见那个女的挥舞着她的串珠手袋,用无比骇人的声音喊道:

"我出五十块!"

周围一片震惊,直到拍卖师开始喊价。

"五十块,"他的神情很严肃,"有人出价五十块。请问还有哪位女士或先生出更高的价吗?"

松树下站着的那位老先生没有出声。他的雪茄吹出卷曲的烟,圆圆的眼镜片夹在眼睛上。他完全不动声色。

"五十块,"胖男人在我头顶上开始叫价,"五十块一次——五十块两次——"

他把木槌举得高高的，每一双眼睛都盯着他。

当我越过人群看过去时，那个女的穿着她的紧身粉裙子，转过身去和她身边的男人说了句话。她对我已经胜券在握了，觉得没必要等到最后一槌，她挽着那个男人的手，朝着一辆亮闪闪的蓝色轿车走去。

"最后一次——五十——"拍卖师继续喊价。

"五十一块。"我听到从松树那边传来一个声音，然后我知道自己得救了。

"五十一块。"胖男人开始重复，可那个女的走远了，这声音百分百传不到她的耳朵里了。

"五十一块一次——五十一块两次——五十一块三次。"

随着话音落下，槌子重重地敲打在桌上，把我震得一个倒栽葱从盒子上摔到了桌上。所有人都哈哈大笑起来，而我的难为情也被那种释然的情绪给抵消了。那位老先生走了过来，把我的裙子整理好。自从在孤岛上获救后，这是我第二次因为逃过一劫而心生感激。

我被这一上午的惊心动魄、峰回路转弄得晕头转向，因此很高兴新主人在整个拍卖会结束之前就带着我离开了。当时有一个午餐休息时间，我很担心那个女的会返回来重新把我纳入她的魔爪，看到老先生把钱付清了，拿上帽子和一个小包离开，我心里无比欣喜。

他在走之前仔细地把我包在一块绸子手帕里面，然后放进

自己上衣的胸袋里。他的心思很细密,还特意把我的脑袋露了出来,仿佛猜到了走在老路上的那种感觉对我有多重要。他的脚步很欢快,一路上婉拒了几辆要捎载我们的顺风车。

这是一个爽朗的蓝色秋天,正如我和普雷布尔一家人出发去波特兰的那天一样。在每一片树叶上、每一个果子上、每一根绿草上,都闪着同样的光。在遥远的海的那头,郁郁葱葱的小岛黑魆魆的、一闪一闪的。除去几幢新建的房子、港湾边陌生的船只以及擦肩而过的汽车,我觉得这景况同普雷布尔那会儿也没什么不同。可他们都说时间已经过去一百年了。此时此刻,我所经历的一切都历历在目。它们似乎和周围的秋色联系在了一起——路边小花的金色和紫色,两旁树木的深红、黄色和茶褐色。在阳光下,我甚至看到了花楸木果子上闪耀着的橘色光芒。

之后,老先生上了一列火车,一路上我们饱览了更多的秋景和秋色。我们坐了很长时间的车,最后他打开了包,把我放进了包里。

"是这样的,年轻女士,"他的话语有些严厉,不过我能看出他在和我开玩笑,因为他的嘴角微微笑着,"今天你可花了我不少钱。我今天本来想去买钩针编织地毯、瓷器茶具、温莎椅的,你真心认为自己和所有这些东西加起来的价钱一样吗?"

当他合上包时,我们的火车越过了通往新罕布什尔州的州际线，因为他指着那道线跟我说："希蒂，你要开始自己的旅程了。我觉得你肯定还没出过缅因州呢。"

"说到这儿，"当他合上包的时候，我对自己说，"只能说明哪怕世界上最睿智的人也会有盲点。"

后 记

就这样我们一起回到了纽约第八大道上的古董店，我的回忆录也即将画上句号。是时候交付我的这份耐心和书稿了。

我是怎么从老先生的包里到的店里？这件事很容易解释。老先生受了亨特小姐的嘱托，给古董店添买点东西。我觉得，当他把我拿给亨特小姐看并且表示在我身上花光了所有钱的时候，心里还是有点忐忑不安的。可是亨特小姐并没有在意，他们俩一起欣赏着我小巧的身形、线条以及表情。

"这可是博物馆展品级的。"亨特小姐热烈惊呼。

"我没看出她的质地，"老先生说，"肯定不是枫木，不是山核桃木，也不是松木。"

"好吧，不论是什么，她经受住了岁月的考验，"亨特小姐查看我身上每一个细节后说，"过了一百年保存得还是很完整。"

"我们肯定比不过她。"老先生拿起包走的时候，面带微笑地补充说。

当然，后来我还见过他。事实上，就在昨天他还为我带来了一张松木长凳。每次他从外面寻宝回来时，很少有不给我带礼物的——一块迷你编织地毯，一个贝壳，一张小四柱床架。

后　记

亨特小姐说他这样会把我宠坏的。有的时候，当她看到老先生过来就会把我藏起来，然后骗他说我已经被卖出去了。可是事实上他们俩都舍不得我离开。客人们都说，虽然我是一个古董，可我的价格标得简直跟抢钱一样。

从某个角度说，我在这个社区里算是一个不大不小的名人。亨特小姐在我裙子的正面钉上了一张写有我名字的纸片。这很是让我安心，因为我实在不想让陌生人的手在我身上摸来摸去。当我坐在属于我的层架上，看着周围摆放的那些专属于我的物品时，经常能听到玻璃柜外人们的谈论声。很多路人甚至直接叫我的名字。我知道其中有两位特别的艺术家，每次散步的时

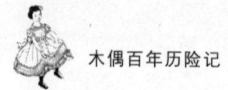

候都会说:"回去的路上绕到古董店,去和希蒂打个招呼吧。"于是我坐在这儿看着这些眼光独到的人们,面带微笑。这表情随着时间流逝没准会淡去,但在人们需要的时候,我从来不会让他们失望。

我在这儿的日子并不缺乏趣味。每一个新到店里的客人都会饶有趣味地看看我,可又有谁知道,这一位不会是命中注定带我踏上新旅程的人呢?我感觉还有许多冒险在等着我。就在某天早上,我听到空中有很奇怪的嗡嗡声,许多人站住抬头看。我也很想看,于是费尽力气从长凳上挪下来,背靠在层架上。这个姿势给了我很好的视野,只见空中有一只长着银翼的巨型蜻蜓飞过,它在蓝天中俯冲嬉戏。

"哦,瞧那架飞机!"人行道上的一个小姑娘喊道,"有一天我也要坐在那上面。"

怀着讶异和期待的心情,我看着它飞出了我的视线。没准就像人行道上的小姑娘说的,我也可以飞上蓝天。要知道,世界永远都在为我们提供新的历险机会,我也觉得自己体内流淌着前所未有的充沛精力。毕竟,对于一块千锤百炼的花楸木来说,一百年算什么呢?

国际大奖儿童小说系列

1. 兔子山
2. 胡桃木小姐
3. 信鸽花脖子
4. 居里夫人的故事
5. 本和我：本杰明·富兰克林的传奇一生
6. 牧牛马斯摩奇
7. 杜利特医生奇航记
8. 一岁的小鹿
9. 城堡镇的蓝猫
10. 耳朵，眼睛和手臂
11. 卡利柯灌木丛
12. 黑暗护卫舰
13. 扬子江上游的小傅
14. 美丽的乔
15. 纳尼亚传奇
16. 梅溪岸边
17. 银湖岸边
18. 漫长的冬季
19. 草原上的小镇
20. 快乐的金色时代
21. 狮子、女巫和魔衣橱
22. 柳林风声
23. 木偶百年历险记